KB042231

나는 행복을 선택했다 ◡

나는 행복을 선택했다

우리나라 최초의
실천행복학 행복탐험가 │ 최경규

박영사

『내 안의 행복을 깨워라』 출간 후 많은 분들의 사랑과 관심으로 <최경규의 행복학교>를 운영하게 되었고 오시는 분들에게 자신의 행복을 찾는 길과 행복습관을 가지도록 도와드리고 있습니다. 그렇게 만났던 여러 분들을 통해 행복에 대하여 보다 더 많이 공부하고 깊이 생각할 수 있었습니다.

행복은 무엇일까요? 행복을 명확하게 무엇이라고 정의하기는 어렵지만 그동안의 많은 상담을 통하여 느낀 것은 있습니다. 행복은 돈이나 명예에서 오는 것이 아니라 '현재 심각한 고민이나 신체적 고통이 없다면 행복하다'는 것이었습니다. 아주 소박한 듯 보이나 고개가 끄덕여지는 결론입니다.

하지만 아직 많은 이들이 "남들보다 좋은 곳으로 여행을 떠나고, 맛난 음식을 먹을 때 행복하다"라고 외치며, 그런 모습들을 행복의 기록처럼 페이스북과 같은 SNS에 자랑하며 살고 있는 듯합니다. 하지만 행복은 말이죠, 최소한 제가 생각하는 행복은요, 이것과는 조금 다릅니다. 남들에게 쉽게 보여줄 수 있는 이런 간편한 행복에의 접근은 스스로의 행복을 보장해주지 못합니다. 마치 목마른 사슴처럼 닿지 않는 행복을 향해 갈증을 품고 더 큰 행복을 찾아 헤매게 되지만 이미 방향이 잘못되었기 때문에 끝내 자신의 행복을 충족할 수 없습니다.

사람을 사회적 동물이라 하기도 하지만, 우리 그동안 조금 지나치지는 않았는지요? 끊임없이 다른 사람들과 비교하면서 항상 '다른 사람이 나를 어떻게 보는

가?'를 기준으로 삼고 그 틀 안에서 어떤 때는 자신을 멋진 사람으로, 또 어떤 때는 더없이 초라하고 못난 부족한 사람으로 느끼지 않았는지요?

20여 년 전 인기프로그램 <인생극장>의 "그래 결심했어"라는 유행어를 기억하시나요? 중요한 순간, 주인공에게 두 가지 선택지가 주어지고 주인공이 어느 선택을 하는지 그리고 각 선택의 결과를 살펴보는 내용이었습니다. 같은 상황, 같은 주인공이지만 무엇을 선택하는지에 따라 그 결말은 사뭇 달랐습니다. 즉 한 가지는 행복한, 또 다른 한 가지는 만족할 수 없는 상황에 처하게 되는 내용이었습니다.

행복은 역시 선택하기 나름입니다. 같은 상황을 두고 여러분이 용기를 내어 행복을 선택하는 순간 모든 일들이 긍정적으로 생각되고 아름다운 말과 행동으로 이어지며 결국에는 원하는 결과를 얻게 됩니다. 그렇다면 반대의 경우를 볼까요? 끊임없는 부정적인 말들은 자신의 자존감을 낮추며, 주위 사람들에게까지 격려보다는 걱정을 불러일으켜 점차 인간관계도 멀어지게 할 수 있습니다. 말이 씨가 되듯이 지속적인 걱정과 스트레스는 신체에까지 영향을 미치고 결국 부정적인 결론이 나오게 되지요.

비록 지금 우리 앞에 해결해야 할 수많은 일들이 있더라도 그것을 성숙하기 위한 발판 그리고 신이 내게 주신 선물이라고 생각하며, 지금 이 시련이란 포장을 열면 행복이 가득 들어 있다 믿는 선택을 한다면 우리는 반드시 더 의미 있는 내일을 만들 수 있습니다. 더 이상 수많은 변명과 이유들로 스스로 불행을 선택하지 마십시오.

이 책은 인생의 후배님들에게는 앞으로 살아갈 삶의 여러 갈림길에서 행복을 선택하도록 시각을 바꾸는, 선배님들에게는 지금껏 잘 살아온 인생에 보다 행복에 집중하는 방법을 제시하고자 준비하였습니다. 무엇을 선택하느냐에 따라 어제와 다른 행복이 반드시 여러분의 곁으로 다가갈 것입니다.

내 삶의 새로운 계기와 행복에 대하여 새로운 면을 갖게 해준 지난 2년, 이 책이 나올 수 있도록 도와주신 박영사 안종만 회장님, 문선미 과장님과 장규식 과장님께 깊이 감사드리며, 힘들 때마다 행복을 선택할 수 있도록 한결같이 나를 지지해준 고마운 아내 그리고 쌍둥이 홍서, 유리에게 사랑한다는 말을 전하며, 책을 쓰는 동안 많은 영감과 도움을 준 나의 동생 보영에게 감사의 인사를 드립니다.

차례

✦ 행복공식

이 책은 하루하루 열심히 살아가는, 책 읽을 시간이 부족한 당신을 위하여 세세하고 구체적인 긴 해설보다는 최대한 압축된 내용으로 구성하였습니다. 때로는 문단이 친절하게 연결되지 않는다는 느낌을 가질 수도 있습니다. 그러므로 한 장을 읽고 난 후, 다음 장으로 바로 넘어가지 마시고 작가가 쓴 글의 의도를 곱씹으며 자신의 감정을 정리하고 생각할 여운을 가지시길 바랍니다. 행복은 사람마다 다르기에 일률적인 매뉴얼이 아닌, 당신이 선택한 행복공식으로 살아가야 하기 때문입니다.

1장

행복은 어디에 있을까?

행복은 의무교육시간이 아니다

어른이 되고 나서 다시 초등학교에 가본 적이 있으신가요? 어릴 적 우리에게는 국민학교였지요. 얼마 전 초등학교 체육대회에 다녀왔습니다. 벌써 30년이 훌쩍 지났군요. 운동장을 바라보니 땀을 뻘뻘 흘리며 친구들과 축구하던 모습이 보이는 것만 같았습니다. 그때는 까마득히 멀게만 느껴지던 골대는 이제 보니 이렇게 작을 수 있을까 싶었습니다. 지금 달리기를 한다면, 정말이지 금세 가로지를 수 있을 것만 같은 이 작은 운동장을 그렇게 넓게 달리던 제 어린 시절이 믿어지지 않을 지경이었습니다.

가만히 돌이켜보면, 어릴 때의 운동장 같은 것들이 또 있습니다. 그때는 내가 아는 것이 전부이자 세상 그 자체인 줄 알았고, 그 세계가 아직 작고 좁다는 것조차 몰랐습니다. 평생 함께 지낼 줄 알았던 내 단짝 친구가 전학이라도 가는 날엔 세상 무너진 것처럼 종일 울었었지요. 친구가 멀리 이사 갔다고 다시 못 본다며 울며 집에 들어온 딸을 보며 강산이 몇 번이 바뀌어도 초등학생들의 생각이란 예전 우리와 크게 달라진 것이 없어 보입니다.

고등학교 체력장 시간, 기억나시나요? 고등학교 입학식 날 운동장을 지나 입학식장에 오는데 뒤에서 오던 녀석들이 하는 말이, 고등학생 체력장은 이 운동장을 네 바퀴나 돈다는 겁니다. 저는 입학식 날부터 운동장을 두려워하는 학생이 되었습니다. 이제 보니 그때의 제가 문득 귀엽네요. 지금 다시 운동장을 보면 역시 작죠. 두려울 것이 전혀 없을 만큼요.
우리는 아이에서 어른이 되는 동안 그 시기 나름대로의 삶을 진지하게 느끼고 살아온 것 같습니다. 때마다 고민과 행복과 기쁨과 슬픔들을 느끼며 말이죠. 때로는 이마에 '사춘기', '나는 질풍노도!'라고 써 붙인 사람처럼 부모님의 마음을 아프게 하기도 했습니다. 그런데 어느새 어른이 되고, 벌써 중년입니다.

지금까지의 삶은 어찌 보면 의무교육에 가까운 삶이었던 것 같습니다. 짜여진 시간표처럼 학교, 취업,

결혼이라는 패턴을 거치면서 살아왔지요. 그 다음 시간표는 무엇을 가리키고 있을까요? 인생의 빈 칸에 무엇을 적고 계신가요. 우리는 우리 삶의 진짜 주인이 누군지 모르고 살았는지도 모릅니다. 남들이 좋다고 말하는 곳을 찾아다니고 남들에게 보일 사진을 열심히 찍고 실제보다 더 멋져 보이는 사진을 골라 페이스북이나 블로그에 올리며 은근히 자랑을 하기도 하지만 그 사진 속 기쁨은 정말 나의 기쁨일까요? 어쩌면 우리는 살아야 하는 본질적인 이유나 진정한 행복에 대하여는 미처 생각할 틈이 없었는지 모릅니다.

어릴 적에는 중년을 생각하면 중절모를 쓴 아저씨 모습이 그려졌습니다. 하지만 막상 중년이 되니 어떤가요? 마음은 여전히 청춘! 이렇게 생각하고 있진 않으신가요? 꽃중년이라는 말이 있습니다. 이제 진정으로 내 삶의 주인이 되어 온전한 우리의 생각으로 내 몸을 움직여 삶을 살아가고 우리 마음이 진정한 행복의 꽃을 피울 수 있는 나이가 된 거죠. 하지만 많은 분들은 아직 남들이 세워놓은 보이지 않는 기준에 놓인 의무교육의 시간을 보내고 있는 것 같습니다. 내 마음이 진정 좋아하고 원하는 진짜 삶이 무엇인지를 애써 외면한 채 말이죠.
우리는 우리의 삶, 진짜 삶을 살아야 합니다.

행복공식

　좋은 차, 좋은 집, 나를 부러워하는 타인의 시선이 우리 행복의 전부가 될 수는 없습니다. 다른 사람이 "좋겠다"라고 말해 주었을 때가 아니라 내 마음에서 행복을 느끼는 삶이 바로 진짜 삶의 시작입니다.

덧붙여진 이름들이 행복을 가릴 때

어릴 때 깔깔거리고 웃고 있으면, 어른들께서 '낙엽 굴러가는 것만 봐도 웃는구나!' 하셨습니다. 요즘 낙엽 보면 무슨 생각을 하시나요? 세상 걱정 없던 나이엔 별 것 아닌 일에도 마냥 즐거운 때가 있었죠. '돌아보면 그 시절, 참 행복했다' 말할 수 있는 분들도 많이 계실 겁니다. 나이가 들수록 의무와 책임감은 커져만 가고 결혼을 해서 가정을 꾸린 후에는 온전히 나를 위해줄 수 없고, 특히 자녀가 생기면 그 기쁨과 소중함에 비례하는 또 다른 사명감이 생깁니다. 때문에 우리는 잘살아야 (경제적으로 풍요로워야) 한다는 막연한 목표가 생기고 그것은 어느새 무거운 중압감으로 스스로를 짓누르게 됩니다.

'나'에게 '남편'이나 '아내'라는 이름이 더해지고,

'아버지' 또는 '어머니'라는 이름이 덧붙여지면 일상의 모습, 인생의 모습이 크게 달라지게 됩니다. 돈을 더 벌기 위해 피곤을 외면한 채 열심히 일하지만, 정작 나를 위해서는 쓰지 못하고 주저하게 되지요. 아이들 등록금 생각, 학원비 걱정에도 예쁜 옷 사주고 싶은 마음이지만, 나를 위한 소비는 우선순위에서 항상 밀리게 됩니다.

　그리고 '남편' 또는 '아내'이자 부모이기도 하면서, 부모님의 '자녀'이기도 하지요. 저는 요즘 어머님의 주름살을 볼 때마다 무척이나 마음이 쓰려옵니다. 예전엔 누구나 늙으면 생기는 노화현상이니 그리 마음 쓸 것 없다고 애써 무심하게 지나쳤지만, 몇 해 전부터 그 모습이 새롭게 보이기 시작하였습니다. 그 고운 얼굴에 세월의 흐름을 고스란히 다 한 몸에 받으신 흔적을 애써 외면하려 했던 이유는 내가 성공하고 나서, 그 다음에 효도하겠다는 변명이었습니다. 내가 잘 살아야 부모님도 좋아하실 것이고 그렇게 하기 위해선 나의 오늘이 중요했습니다. 퇴근 길 전화로 안부를 묻고 건강한 웃음을 전해드리는 것만으로도 충만한 기쁨을 드릴 수 있었을 텐데 뭘 얼마나 큰 성공을 보여드려야 제대로 된 도리라 생각했던 것일까요.

우리는 이렇게 참 열심히 살고 있는데, 한번 생각해 봅시다. 여러분은 지금 잘 살고 계십니까? 그리고 여러분은 지금 행복하십니까?

잘 해야 한다, 잘 살아야 한다는 생각, 내게 덧붙여진 이름들이 낳는 의무들과 세상의 잣대들은 우리를 자유롭지 못하게 합니다. 행복하기 어렵게 만드는 것입니다.

하지만 이제 중년이라는 이름이 덧붙여진 지금, 우리는 지금부터라도 '나의 삶', '내가 만드는 삶'을 진지하게 생각하고 하루하루를 살 필요와 이유가 반드시 있습니다. 누구보다 소중한 나 자신을 위해서 말이죠.

✦ 행복공식

경제적으로 부유하게 풍요를 누리며 잘사는 것과 행복한 것은 다릅니다. 여러분은 잘사는 것인가요? 아니면 행복하게 사는 것인가요?

오전수업은 연습에 불과하다

"내 나이가 언제 이리 들었나, 어이쿠, 지금까지 뭐 하고 살았나?"

이런 생각하신 적 있으신가요? "남들은 이미 편안 하게 여가생활까지 하며 지내는데 넌 지금껏 대체 뭐 하고 있었니?"라고 누군가 말하는 것 같아 씁쓸한 가 슴을 쓸어내린 적도 있으신가요? 남들과 비교하며 사 는 데 이미 익숙해진 우리에게 이런 생각이 드는 것은 어쩌면 자연스러운 일입니다.

하지만 아직 우리는 살아갈 날들이 살아온 날들보 다 훨씬 많이 남아 있습니다. 지금껏 많은 문제와 어 려움을 겪어 왔지만, 거꾸로 생각해보면 그만큼 많은 어려움들을 극복하고 해결해온 것입니다. 지금껏 밤 새우며 고민하며 해결했던 수많은 일들, 사람들 간의 문제, 시간이 흐르고 나서야 모든 일들을 최선을 다해 해결한 제 자신을 기특하다고 쓰다듬어주고 인정해줍시다. 이러한 지나간 시간들은 남은 50년에 필요한 필수적인 자양분이 될 것입니다.

제 경험을 한 가지 말씀해 드리지요. 저의 첫 창업은 외국인들과 함께한 사업이었고 단 10개월 만에 접어야만 했습니다. 창업을 시작하려는 사람들에게 당신이 지금 시작하는 사업이 10개월 뒤에 문을 닫을 거라고 한다면 아마 실망과 좌절을 크게 느끼겠지요.

사업 준비 기간부터 저희는 거의 매일 저녁에 만나 같이 회의하고 사무실을 구하고 직원 면접을 보며 열심히 일했습니다. 같이 일하는 직원 모두의 열정에도 불구하고 사업은 순조롭지만은 않았고 수입보다 유지비용이 너무 많이 들어 결국은 정리하게 되었습니다. 그러나 제 삶에서 외국인들과 국내에서 창업을 했다는 경험은 아주 소중하게 활용되고 있습니다. 현재 제가 진행하는 사업에서 이러한 경험을 바탕으로 영업을 잘할 뿐 아니라, 각 기관이나 대학에서 진행하는 창업 특강이나 멘토링에서 자주 의뢰가 들어오고, 저는 이때의 경험담을 나누고 있습니다.

이처럼 세상에는 쓸모없는 경험은 없는 것 같습니

다. 그 당시는 무척이나 힘들고 괴롭더라도, 시간이
흐른 뒤 돌이켜보면 그 또한 시련이 남겨주는 성숙이
란 이름으로 어느새 자리 잡고, 때로는 새로운 방향을
제시해 주기도 하니까요.

　지금 나이가 서른이든 마흔이든, 오십이라 하더라
도 인생학교에서는 아직 오전수업시간에 불과합니다.
수년 전 100세 보험이 나왔고, 이제는 120세 보험이
나올 날도 얼마 남지 않은 것 같습니다. 그렇다면 우
리가 지금 살고 있는 이 순간, 아직 점심시간도 지나
지 않은 오전수업시간입니다. 오후수업과 저녁수업,
어쩌면 방과 후 야간수업까지 남아 있을지도 모르기
에 오늘 우리가 하고 있는 일들을 평가하기에는 아직
너무 이릅니다.

✦ 행복공식
＿＿＿＿＿＿＿＿＿＿＿＿＿＿＿＿＿＿＿＿＿＿＿＿＿
　무엇이 되었든 지금하고 있는 일이 가슴 뛰는 일이라면 그
일을 계속해야 합니다. 어떤 실패를 하였더라도 관계없습니다.
아직 눈부신 태양이 우리 머리 위에 떠있고 남은 수업시간에
얼마든지 회복할 수 있기 때문입니다. 벌써부터 자신의 일에
대하여 모든 평가를 내리기에는 너무 이릅니다. 인생학교의 우
리들, 지금은 아직 오전 수업시간입니다.

만남에는 반드시 이유가 있다

우리는 하루에도 새로운 사람들을 적게는 몇 명을, 많게는 수십 명을 만나고 있습니다.

스치는 듯한 만남도 불교에서는 "인연"이라고 말합니다. 옷깃만 스쳐도 전생에서는 오랜 시간 함께 지낸 사이라고 말하지요. 제가 살아가면서 느끼는 것 중 확실한 한 가지는 불교에서 말하는 전생을 말하지 않더라도 우리가 살아가는 이 세상의 모든 만남은, 어떤 만남이라도 반드시 만남의 이유가 있다는 것입니다. 예외 없이 말이지요. 어느 모임에서 누구를 만나 잠시 인사한 것이라 할지라도 그 사람은 또 다른 어느 순간, 다른 이유에서도 만나거나 소식을 듣게 됩니다.

졸업한 지 2년 된 제자에게 연락이 왔습니다. 대학 시절 ROTC로 복무하고 졸업하여 임관 후 제대를 앞

두고 인사하러 온 모양입니다. 학부 때부터 열심히 공부한 친구라 기특하게 생각하고 있었고, 졸업 후에도 간간이 안부를 묻는 것으로 볼 때 여느 인연과는 다르다는 생각을 하던 차였습니다. 그런 그와 함께 식사를 하며 제대 후 계획에 대하여 이야기를 나누었습니다. 취업하고자 하는 분야에 대하여 이야기를 나누던 중, 생각나는 회사 몇 곳에 바로 연락을 해 보았습니다. 마침 한 회사가 적절한 사람을 구하고 있는 것을 확인하였고, 편한 시간을 정해서 같이 보기로 하였습니다. 마치 그 학생이 제게 연락을 한 것도, 마침 제가 도와줄 수 있었던 것 역시도 보이지 않는 우주의 흐름처럼 너무나 자연스러운 어떤 법칙에 따라 움직이는 것 같았지요.

이러한 이유로 사람을 만날 때는 어떠한 인연도 절대 소홀히해서는 안 됩니다. 비록 지금 자신보다 못한 입장이라고 해서 무시하는 듯한 인상을 주거나, 상대의 나이가 어리다고 해서 자신의 주장만이 맞다고 우겨서도 곤란합니다.

세상은 돌고 돌며 기회와 위험이라는 이름으로 삶은 거친 곡선을 그리기 마련이죠. 어리게만 보아왔던 동네 아이가 어느새 공무원이 되어 자신의 업무 담당

자가 될 수도 있고, 자신이 납품하는 회사의 전담 과장이 되어 있을지도 모르는 일입니다. 사람은 살면서 어떠한 인연이라도 소중히 생각하고 그 인연을 이어 나가는 노력을 아끼지 않아야 합니다. 누구에게나 똑같이 존중하는 마음으로 대하고 그 깊이에 있어 진실하다면 내게 오는 인연 또한 좋은 어울림이 될 수밖에 없습니다.

오늘의 만남을 비록 과학적으로 설명할 수는 없지만, 그러한 만남을 소중한 인연이라고 생각하고 꾸준히 관계를 맺을 때, 우리는 어려움을 같이 나눌 수 있고 기쁨을 함께할 수 있습니다.

✦ 행복공식

모든 만남에는 반드시 그 이유가 있습니다. 그 이유는 세월이 흐른 뒤에 반드시 알게 될 것입니다. 오늘의 인연에 최선을 다하십시오.

사람은 사람이 평가한다

사람 사는 세상, 우리는 사람 때문에 힘들기도 하고, 기뻐하기도 합니다. 이처럼 모든 것들이 사람에서 시작되어 사람으로 끝나는 세상에 우리들은 살고 있습니다. 이 때문에 사람을 대할 때는 항상 최선을 다하고 최소한 적은 만들지 않도록 해야 합니다.

며칠 전 모임에 초대 받아 친구 한 명과 함께 참석하였습니다. 여러 사람들과 인사를 나누던 중, 저는 마침 집 근처 사우나에서 마주칠 때마다 눈인사를 건네었던 분을 그곳에서 우연히 만났습니다. 저희는 반갑게 인사를 나누었고 그분은 지난 몇 년간 먼저 눈인사라도 해준 것이 고맙다는 말씀을 하시며 저의 손을 잡고 이끌며 다른 분들을 일일이 소개해주셨습니다. 덕분에 그 모임 첫 날에 많은 분들과 쉽게 친해지게 되었습니다.

하지만 같이 간 친구는 반대의 경우를 만났습니다. 어느 분과 이야기를 나누던 중, 회사 부하직원의 쌍둥이 형을 만난 것이었습니다. 실은 그 부하직원이 그 친구 때문에 회사를 그만둔 상황이어서 형과의 만남도 그리 반가운 것은 아니었습니다. 그날 특별한 사건은 없었던 것 같지만, 친구는 모임에 도착한 지 얼마 지나지 않아 먼저 간다는 문자만 남긴 채 자리를 떠났습니다.

모든 만남에는 이유가 있듯이 그 이유를 알기 전까지 우리는 어떠한 사람도 무시하거나 비방해서는 안 됩니다. 평판이란 것이 어떠한 회사를 떠나고, 모임을 떠나더라도 마치 성적표처럼 자신을 설명하는 그림자로 표현되기 때문입니다.

투자의 귀재라고 불리는 워렌 버핏은 평판에 대하여 이처럼 이야기합니다.

돈을 잃을 수도 있습니다.
아주 많은 돈을 잃어도 괜찮습니다.
하지만 평판을 잃어서는 안 됩니다.

돈보다 소중한 것이 평판이라는 말은, 돈은 벌 수도 있고 잃을 수도 있지만 평판은 무너지면 다시 일으켜 세우기가 힘들기 때문입니다.

✦ 행복공식

오늘의 만남을 생각해보고 자신이 혹 소홀히했던 사람이 있다면 잠들기 전 따스한 문자 한 통이라도 건네 보는 것이 어떨까요. 세상은 돌고 돌며, 평판도 돌고 돌아 어느 순간 당신과 마주할 수밖에 없습니다.

미래의 행복을 위해 살지 마라

저는 사람들이 소위 말하는 아침형 인간이라 저녁보다는 아침에 일어나 하루 중 업무의 대부분을 처리하는 편입니다. 그렇기 때문에 아침에 방에서 글 쓰고 할 일을 정리하다보면 아이들이 학교 갈 때 목소리만 듣고 얼굴조차 못 볼 때가 있습니다. 아마 이 글을 읽고 있는 여러분도 비슷할 듯합니다. 회식과 야근으로 늦은 밤 돌아와 아이들 얼굴도 못 본 채로 잠들고 아침 무거운 몸으로 서둘러 집을 나서지요. 마치 하숙생 생활을 하는 것처럼 느껴질 때도 있을 겁니다.

그럼 이렇게 살고 있는 이유는 무엇인가요? 저를 포함한 많은 사람들은 미래를 위해 오늘을 희생한다고들 말하고 있습니다. 비록 지금 힘들어도 미래의 행복을 위해 오늘의 행복을 기꺼이 내려놓는다고 말이죠. 하지만 오늘도 내일도 하루는 똑같이 24시간입니다. 왜 꼭 내일만의 행복만이 중요한가요? 물론 노후의 삶을 위해 절약하고 준비하는 것은 좋습니다. 마치 베짱이의 이야기처럼 내일은 없는 것처럼 오늘만을 불태우는 뜨거운 삶을 살라고 말하는 것은 아닙니다. 다만, 내일의 행복만큼 오늘의 행복도 충분히 중요한 것입니다.

어느 겨울 노숙인이 추위를 못 이겨 객사했다는 뉴스가 나왔습니다. 헌데 그 노숙자에게는 약 2억 원 정도의 자산이 있는 것으로 밝혀졌습니다. 따로 돌봐야 하는 자식이나 가족도 없었습니다. 이 말은 그 노숙자가 자신의 불확실한 미래를 위하여 무조건 아끼기만 하고 저축만 했다는 것이지요. 자신의 현재의 모습은 돌보지 않고 말이죠. 배고프면 먹고, 추우면 옷을 사 입고, 추운 지하철이 아닌 따뜻한 숙소에 들어가 잘 수 있었지만, 그러지 못했습니다. 그에게 행복은 언제나 현재가 아니라 '미래'에만 있었기 때문이 아닐까요.

이제부터 관점을 조금 바꾸려 합니다. 아침에 일어나 바쁜 업무를 하더라도 십 분의 시간을 내어 자고 있는 아이들 옆에 누워 엉덩이를 도닥거리는 행복한 아침을 보내려합니다. 햇살 좋은 아침, 커튼 사이로

새어나오는 햇살 속에서 아이들과 함께 오늘의 시간을 보낼 것이고 비오는 아침이면 빗소리에 커피를 끓여 사랑하는 아내와 눈 맞춤을 하며 오늘을 살겠습니다. 결심의 순간부터 행복해집니다.

여러분도 미래의 행복만을 위하여 오늘을 희생하지 않기를 바랍니다.

반성은 깊게, 신속하게

나이가 들면서 사람들은 새롭게 배우는 것에 인색합니다. 자신의 경험으로 세상을 판단해 버리고 아집과 고집이란 이름으로 살아가면서 반성이나 후회를 좀처럼 하지 않는 사람들이 있습니다. 하지만 어떤 사람들은 자신이 한 행동과 주변에 일어난 일들을 자신이 초래한 일인 것처럼 지나치게 불필요한 후회와 반성까지 하기도 합니다.

우리는 우리의 인생을 살아야 합니다. 영화 「마담 프루스트의 비밀정원」에도 그런 말이 나옵니다. vis ta vie. 네 삶을 살아라! 라는 뜻이라고 합니다. 다른 영화를 보더라도 주인공이 실수를 하는 경우는 늘 있습니다. 그러나 그 실수에 대한 검토와 반성 후에 바로 역경을 이겨내는 스토리로 영화는 아름답게 마무리되지요. 영화의 주인공이 실수를 한 후, 후회나 반성만으로 영화의 대부분이 채워진다면 그 영화는 대중의 사랑을 받기 어려울 것입니다.

우리 특히 중년의 나이에서는 적당한 반성이면 충분합니다. 이 나이에 처음 하는 실수는 거의 없습니다. 과거에도 한두 번 겪은 일에 대하여 다시 한 번 찾아 온 것뿐입니다. 그러기에 우리는 우리 자신을 너그러이 이해하고 넘어가는 지혜가 필요합니다. 너무 지나친 반성은 우리의 기분을 우울하게 만들 뿐 아니라 정작 해야 할 다음 일에도 지장을 주기 때문입니다.

반성은 우리 모두 5분만 하도록 합시다.

어느새 자녀에게서 배움이 시작되다

어제는 아이가 영어학원에서 필요한 태블릿(노트북처럼 생겼으나 키보드가 화면에만 있음)에 무선키보드를 사서 쓰니 편리하다며 좋아했습니다. 그리고 오늘 아침 학원에 바래다주니 "이제 키보드를 따로 샀으니까, 타이핑치는 속도가 더 빨라지고 시간을 아낄 수 있겠네!"라며 신나합니다. '이제 시간이라는 개념을 이해할 나이가 되었구나'라고 생각하는 순간, 저를 보며 한마디 덧붙였습니다.

"아빠, 이거 블루투스 기능이 있어서 이것만 가지고 다니면 따로 종이 들고 다닐 필요 없이 핸드폰에 연결해서 바로 치면 되는데, 그러면 따로 집에 가서 다시 컴퓨터에 옮겨 적을 필요도 없고, 편리할 것 같아. 어때? 내가 도와줄게!"

갑자기 내가 낳은 자식이 맞나 싶을 만큼, 나보다

낮다는 생각에 잡고 있던 운전대를 놓을 뻔했습니다. 가만히 생각해봐도 모두 맞는 말입니다. 스마트폰의 메모장에 놓고 키보드로 바로 쳐서 이메일을 보내버리면 집에 가서 추가로 할 일이 없어지고, 그때그때의 글감을 놓치는 일도 없어질 것입니다.

어느새 아이에게서 배우게 되었습니다. 일찍 결혼한 친구들은 벌써 대학생 아이가 있다지만, 겨우 11살인 제 아이에게 진지한 배움이 시작되어 기분이 참 좋습니다. 평소에도 배움에는 나이가 없고, 3살 아이에게 환갑이 넘은 노인도 배운다는 말에 공감을 해왔지만, 이렇게 체감했습니다.

나이가 들어가면서 배우는 재미가 쏠쏠하다는 몇 해 전 정년퇴직하신 교장선생님의 말씀처럼, 배우는 것의 재미를 요즘 새삼 느끼며 살고 있습니다. 중년이란 배움에 대하여 유연히 받아들이고 아직 남은 노년을 위해 준비하는 아름다운 시기임에 틀림이 없습니다.

행복과 불행은 얼마나 자신을
설득시키는가에 달려 있다

누군가가 말합니다. 행복과 불행은 한끝 차이라고.
이러한 말을 많이 들어왔지만, 그것이 무슨 뜻인지
잘 몰랐습니다.

하지만 한 가지 깨달은 사실이 있습니다.

자신을 얼마나 설득하느냐에 따라 불행하지 않을
수 있고, 안정을 찾을 수 있습니다.

만약 힘든 일들이 있어서 일이 잡히지 않을 때 힘
들어 하고 있는 그 일을 가만히 생각해 보세요. 종이
에 하나씩 써 보는 것도 좋습니다.
그리고 그것을 해결할 수 있는 방법에 대하여 한

가지씩 써보세요.

나 스스로와 대화를 해보세요.

어떤 문제에 부딪혔을 때 누군가와 대화를 하다보면 자신도 모르게 그 안에서 해답을 찾기도 하는데 사실은 그 누구보다 본인과의 대화가 가장 정확한 답을 알려줍니다.

본인을 가장 잘 아는 것은 응당 자신일 것이며 그렇기에 본인에게 가장 잘 맞는 방법으로 해결법을 제시해 줄 것입니다.

막연히 힘들다는 생각만으로 시간을 보내다보면 어느새 그 힘들다는 생각 자체가 습관이 되어 앞으로 나아가거나 해결할 생각을 못하고 계속해서 그 늪 안에서 살게 됩니다.

힘들다는 생각보다 이 일을 어떻게 해결할지 생각하는 방향으로 스스로를 설득해봅시다.

생각이 전환되면 우리는 그전보다 훨씬 더 가벼운 마음을 가질 수 있으며 그러다 보면 불행이 찾아오던 창은 닫히고 행복의 문이 열릴 것입니다.

마음의 결정은 뽀빠이의 시금치이다

마음을 어떻게 가지느냐에 따라, 몸이 가지는 힘의 크기도 달라집니다. 흔히들 마음먹기에 따라 다르다는 라는 말을 들으면 마음이란 것이 쉽게 조절할 수 있는 것처럼 보이기도 하지만, 실상 마음이란 것은 입력하는 대로 실행해주는 기계가 아니기에 그것이 결코 쉽지 않음을 우린 이미 알고 있습니다.

김 과장은 아침에 일어나 운동을 하러 갑니다. 힘든 어제는 잊고 내일을 위하여 새롭게 살기로 결심한 걸 보면 어제 친구랑 얼큰하게 한잔한 것이 도움이 된 모양입니다. 이번엔 정말 열심히 운동하기로 굳게 마음먹고, 등록만 해두고 한 달에 한두 번도 가지 않았던 헬스장에서 30kg짜리 역기를 듭니다. 조금 힘에 부치기는 하지만 열 개 정도 들 만은 합니다. 하지만 얼마 지나지 않아 카드값이 연체됐다는 문자를 받습니다. 기분이 우울해집니다. 금방 들었던 30kg 역기는 도저히 들 수가 없습니다. 15kg으로 내려도 몇 개를 못하고 헬스장을 떠납니다.

이런 비슷한 경험, 있으신지요. 문자 한 통에 3000cc 배기량의 차가 1500cc로 힘이 낮아진 것입니다. 참 신기하기도 하지요. 그럼 이렇게 한 순간 떨어진 힘을 어떻게 올릴 수 있을까요? 우리의 마음은 돈으로 해결할 수가 없기에 당장 차를 바꾼다고 될 일도 아닙니다. 뽀빠이의 시금치처럼 힘을 낼 수 있는 방법은 바로 긍정적인 마인드를 장착한 희망이라 생각합니다. 아무리 힘든 일이 있어도 우리는 '할 수 있어' '잘 될 거야' 같은 긍정적 에너지의 희망만 있으면 어떻게든 살아갈 수 있습니다.

억울하게 포로수용소에 갇힌 사람이 힘든 25년이란 세월을 견디어 마침내 가족의 품으로 돌아올 수 있었던 사실도, 에베레스트 산에서 조난당해서 수십 일을 죽음보다 더한 고통과 싸우면서도 살아 돌아올 수 있었던 그런 힘들의 원천은 바로 다시 돌아갈 수 있다는 희망이었습니다. 우리는 우리만의 희망을 가져야 합니다. 자신이 늘 꿈꾸고 바라는 그런 희망을 가슴에 품고 눈으로 보며 느끼고 살아간다면 우리는 정기적으로 뽀빠이로부터 시금치를 배송받고 있다고 보면 됩니다. 시인이 되고 싶었던 한 할머니가 저녁시간 한 글학교를 다니며 오랜 시간에 걸쳐 글을 배우고 아직 서툰 글씨로 시를 쓴 것이 TV에 소개된 적이 있습니다. 그 할머니는 시인이라는 희망을 가슴에 품고 여러 매체에서 시인들을 보고 느끼며 살아오신 거죠.

자 그럼 희망을 갖는 구체적인 방법에 대하여 우리 같이 생각해 보겠습니다.

꿈과 희망은 비슷한 말입니다. 하지만 그것을 그냥 무작정 동경하는 삶이 아닌 정말 이루고자 하는 마음이 있다면 우리는 다른 접근을 시도해야 합니다.

먼저 그것을 이루기 위한 목표를 정해봅시다. 꿈은 막연히 이루어졌으면 좋겠다는 생각, 추상성에 그치는 경우가 많습니다. '나는 날씬해지고 싶다' '나는 부자이고 싶다' 이런 말들을 하면서 오늘도 친구들과 점심은 탕수육에 짜장면, 저녁은 술집에서의 시간으로 보내진 않으셨나요. 이런 것은 그야말로 꿈인 것입니다. 언젠가 되면 좋겠다 혹은 되겠지라는 맘 편한 생각에서 멈출 뿐이죠.

그 꿈이나 희망을 이루기 위해서는 우리는 반드시 행동으로 옮길 계획과 실질적인 액션이 이루어져야 합니다.

목표설정! 그것이 마음만 잘 먹으면 된다는 말을 쉽게 이해하게 해줄 것입니다.

마음을 잘 먹어 실천하는 하루하루를 살게 되면 어느새 보이지 않는 힘이 당신을 큰 사람으로 만들어 놓을 것입니다.

자신에게 솔직해지면 행복해질 수 있다

중년, 나이 40이 넘어가면 우리는 정말 우리가 원하는 것이 무엇인지 모르고 살 때가 많습니다. 정말 자신의 원하는 삶이 무엇인지 모르고 산다는 것이죠. 그러한 이유로 요즘 템플스테이나 명상수련에서 '자신 들여다보기'라는 주제로 여는 프로그램들이 많이 있습니다. 요즘 들어 여러 분들이 제게 "어떻게 하면 내 안의 행복을 바로 찾을 수 있을까요?"라고 많이들 물어보십니다. 앞서 말씀 드린 바와 같이 행복은 누구에게나 같은 기성품이 아닌 자신의 마음이란 틀에서 자유자재로 만들어지는 창작물이자 예술 같은 것입니다. 자신의 마음이 어떤가에 따라 그 틀은 변화되고 행복은 그 안에서 만들어지니 그 크기도 모양도 다양하거니와 아주 희미해서 보이지 않는 것도 있겠지요.

행복을 가족의 웃음에서 찾는 사람이 있는가하면, 자신의 성공을 위해 대부분의 시간을 일에 몰두하여 찾는 사람도 있습니다. 행복에는 맞고 틀림이 없습니다. 어떤 사람에겐 아침의 신선한 공기부터 저녁의 떠오르는 달까지 그 모든 게 행복이 되고, 어떤 사람에게는 아침에 눈 뜨는 순간을 또 다른 불행한 하루의 시작이라 여기는 안타까운 사람도 있을 것이고, 우연히 발견한 비상금으로 마침 필요하던 물건을 샀을 때나 매번 이유 없이 무시하며 과중한 업무를 맡기던 회사 선배에게 정당한 대우를 해달라 속 시원히 한번 말하고 난 후 하늘을 날 듯하다는 표현을 할 만큼의 행복감이 찾아오는 경우도 있을 것입니다. 어쩌면 정말 해야 하는 일이 많고, 당장 생활비를 마련해야 하는 처지의 사람에게는 웃음은 사치이거나 거짓된 행복이라 생각할 수 있는 경우도 있을 거구요.

그런데 자세히 보면 우리가 행복을 위한 마음의 테두리를 만드는 것보다 더 중요한 것은 남의 시선과 눈치에서 벗어나 가장 나에게 솔직한 것이 행복한 순간을 만드는 데 보다 빨리 도달한다는 것입니다.

내 마음이 아프면 아프다고 솔직히 말하고 나의 아픔이 치유될 수 있는 곳이나 사람들을 만나야 합니다.

아프면서도 남들의 눈을 의식하여 행복한 척 다른 일을 하며 웃는 거짓 미소는 참다운 행복이 아닙니다.

내 마음이 기쁘면 혼자서라도 차안에서 큰소리로 미친 듯이 웃어야 합니다. 지나가는 차들이 보고 미쳤다고 해도 괜찮지 않습니까? 마침 지나가는 차가 옆집 사람이 아닌 다음에야 당신을 기억하는 사람도 없을 테니까요. 기쁘면 눈치 보지 말고 혼자라도 크게 웃어야 내가 행복합니다.

행복은 자신에게 솔직할 때, 밀려오는 파도와 같습니다. 만약 지금 걱정거리로 두통약을 찾는 당신이라면 약국을 찾기 전에 아픈 당신에게 따스한 격려와 위로를 스스로에게 해 보십시오. 두통은 몰라도 나를 사랑한다는 따스한 행복은 여러분의 마음에서 서서히 파도칠 것입니다.

자신에게 솔직해집시다. 당신을 무엇을 할 때 진짜 행복하신가요.

조금 이기적인 것이라도 상관없습니다. 당신이 즐겁고 행복한 것을 하세요.

2장

다른 사람을 위한 삶에서
벗어나다

나는 지금 무엇을 향해 뛰고 있는가

어린 아이들은 왜 그리 동물을 좋아하는지 모르겠습니다. 예전 초등학교 앞에서 박스에 담긴 노란색 병아리를 백 원씩 팔았던 것을 보며, 병아리가 불쌍하다고 생각한 적은 있으나 키워보겠다는 욕심을 가져본 적은 없습니다. 하지만 요즘 아이들은 고양이 카페, 강아지 카페처럼 여러 애완동물들을 가까이에서 보려 찾아다니기도 하지요. 몇 해 전부터 저희 아이들도 햄스터를 사달라고 성화였습니다. 지금까지 달걀을 부화시켜 병아리도 키워보고, 달팽이도, 금붕어도 키워보았는데 햄스터까지 사달라고 몇 년을 두고 보채었습니다. 결국 지난 생일에 햄스터 두 마리를 사주었는데, 아이들은 아침에 일어나자마자 햄스터에게 달려갑니다. 잘 잤는지 물어보고 쓰다듬어줍니다.

햄스터의 집 안에는 햄스터가 들어가면 돌아가는 바퀴가 있습니다. 다람쥐 쳇바퀴 도는 것처럼 햄스터가 들어가서 돌아가는 것이죠. 처음에는 바퀴에 들어가면 스스로 못 나올까봐 불쌍하다는 생각이 들고 그것을 보는 사람들의 장난감으로만 생각했습니다. 하지만 물어보니 햄스터의 의지로 충분히 들어갔다가 언제든 나올 수도 있고, 햄스터가 바퀴 돌리기를 재미있는 운동으로 생각하기에 없는 것보다는 훨씬 좋다고 합니다. 미처 몰랐던 사실이었습니다. 햄스터의 놀이공원을 저는 햄스터가 우리를 위하여 힘들게 공연하는 것으로 착각하였던 것이었습니다.

어제는 밤새 쳇바퀴가 돌아가는 소리가 나서 새벽에 나와 햄스터에게 가보았습니다. 열심히 돌아가는 쳇바퀴 안의 햄스터를 보면서 우리의 삶이 마치 쳇바퀴 안의 삶이라는 생각에 빠져봅니다. 매일 같이 아침에 일어나 같은 식탁에서 밥을 먹고, 같은 지하철을 타고, 같은 사무실에서 같은 일을 하고, 저녁이면 같은 식당에서 밥을 먹고 야근을 하고 주말이면 못다한 일처리나 쇼파에 누워 밀린 잠을 처리하는 일을 하지요.
어떻게 보면 우리는 햄스터보다 자율성이 없는 것 같아 보입니다. 그 작은 머리, 몸 전체가 엄지손가락 크기밖에 안 되지만, 자기가 쉬고 싶을 때 쉬고, 놀고 싶을 때는 쳇바퀴를 돌립니다. 인간으로 태어나 어쩔 수 없다는 변명과 핑계가 셀 수 없지 많지만, 가만히 생각해보면 어느 정도는 여유가 보일 수도 있습니다.

가만히 생각해 보세요. 우리가 지금 과연 무엇을 향해 뛰고 있는지를. 지금까지 무조건 뛰었기 때문에 무의식적으로 뛰고 있지나 않은지 말입니다. 볼테르는 "현재에서 미래가 태어난다"라고 했습니다. 오늘 내가 뛰는 이유와 그 방향에 대하여 한 번 정도는 충분히 생각해야 내일이 더 이상 쳇바퀴 돌리는 일이 되지 않을 것입니다. 오늘이 내일을 바꾸는 것입니다.

자식은 무엇으로 키우나

눈에 넣어도 아프지 않는 것이 자식이라고들 하지요. 정말 그런가 싶어 자고 있는 애들이 귀여워 눈에 넣어보려고 한 적도 있습니다.

자고 있는 아이들을 보며 생각합니다. 정말 부모로서 바르게 가르치고 잘 하고 있는지를 말이지요. 여러분들도 그런 생각해보신 적 있으시지요? 저희 어릴 적을 생각해보면 부모님은 친구 같은 존재라기보다 수직적 관계였던 것 같습니다. 그래서 하고 싶은 말을 다 못한 적도 있었던 것으로 기억되지만, 요즘은 어떤가요? 수평적인 관계, 친구 같은 관계가 되어 가고 있습니다. 남편들 역시 육아휴직제도가 생기고 활성화되면서, 기꺼이 휴가를 내어 아이들과 시간을 함께 보내기도 합니다.

사람의 생김이 모두 다르듯이 자식을 키우는 방법도 모두 다를 것입니다. 부모의 성격, 아이들의 성격, 자라고 있는 환경 등 모든 것이 다르기에 흔히 말하는 좋은 육아법, 좋은 가정교육이라는 것을 일반화하는 것은 어렵습니다. 물론 일반적으로 비타민이 우리 몸에 유익하다라고 말하는 것처럼, 일반적으로 자녀들의 교육은 이러한 방법이 있다고 소개는 할 수 있습니다. 제가 여기서 강조하고 싶은 이야기는 아이들의 성격에 맞는 사랑과 훈육방법이 필요하다는 것입니다. 저희 쌍둥이 아들과 딸은 같은 날 태어나서 같은 공간에서 살아왔지만, 성격이나 공부방식 등 많이 다릅니다. 아들은 묵묵한 성격에 공부를 하더라도 집중은 잘 못하지만, 근면성이 좋아 그날 하지 않은 숙제는 늦은 밤까지 다하고 자는 성격이고, 딸은 민첩하고 집중도는 우수하지만, 밤이 오고 피곤하면 내일하면 된다고 하며 낙천적으로 침대로 향합니다.

각기 다른 성격의 아이들이고 그에 맞는 교육방법도 세월이 갈수록 스스로 터득해가지만, 한 가지 우리가 가져야 하는 공통점은 바로 사랑입니다. 사랑하는 마음이 무조건 근간이 되어야만 아이들이 자존감을 가지고 바르게 살아갈 수 있습니다. 가끔 대학생들 중, 심지가 곧고 모범적인 아이들의 특징은 부모님께 사랑을 받고 자랐다는 것입니다. 비록 학점과 영어성적이 좋지 못하더라도 아주 바른 인성과 생활 태도를 가지고 자신을 사랑하는 모습은 모두 어릴 적 가정에서 체득한 것입니다. 아이들에게 무조건 공부만을 강요하지 않았으면 합니다. 물론 자녀들의 앞날을 걱정하고 로드맵을 짜주고 싶은 마음들도 있으시겠지만, 우리 아이들이 활동할 10년 후에 세상은 공부만으로 해결되지 않을 수 있습니다. 각자의 개성에 맞는 직업과 윤리관이 있으면, 그 분야에서 성공할 수밖에 없습니다.

저도 아이들에게 걱정과 간섭보다는 할 수 있다는 자신감을 주는 것, 다방면에 호기심을 가질 때마다 함께 관심을 가져 주는 것, 그리고 믿음과 사랑으로 늘 지지해주는 것을 행하는 중입니다.

가장 심플하게 사는 것이 가장 아름답다

나이가 들며 우리는 필요 이상으로 많은 것을 알게 되지요. 그래서 남들과 이야기를 할 때 자신이 가지고 있는 경험을 바탕으로 색안경을 낀 채 보는 경우가 많습니다. 비싼 돈을 주고 상담을 받거나 강연을 들을 때도 저 사람이 시키는 대로 하면 나도 과연 그렇게 될까?라는 의심도 끝없이 하게 됩니다.

나이가 들면서 가장 즐겁게 살 수 있는 방법은 삶을 단순하게 만드는 일입니다.

무엇을 하든지 그 일의 핵심이 무엇인지를 잘 파악한다면 일을 쉽고 빨리 끝낼 수 있습니다. 사랑을 할 때 밀당, 썸을 타는 것 역시도 내가 당신을 좋아한다는 어느 정도의 확신을 주어야 이루어지는 것처럼, 내가 무엇을 바라는지를 확신하게 하는 것이 중요합니다.

이 사람이 나를 정말 좋아하는 것은 맞는지에 대한 끊임없는 의구심이 든다면 그것은 밀당이 아닌 일방적인 짝사랑일 테니까요.

우리는 흔히들 자신이 아는 것에 더하여 인터넷을 통하여 순식간에 에디슨을 앞서나가는 사람이 되고 있습니다. 포털사이트를 이용하여 일반적인 정보, 확인되지 않은 정보를 마치 자신에게 맞춘 정보인 것처럼 생각하고 의사나 다른 전문가의 말을 신용하지 않는 경우도 있습니다.

얼마전 사랑니가 말썽을 부렸습니다. 공룡도 아닌 제가 나이 마흔 다섯에 사랑니가 났습니다. 그런데 위에만 나고 아래에는 나지 않아 이로서의 기능도 없고 자꾸 이물질이 끼어 여간 성가시지 않습니다. 그래서 치과를 찾아가 상담을 받아 봅니다. 결국은 발치가 좋다는 결론입니다. 그러나 인터넷 검색을 시작하니 정보들이 넘쳐납니다. 인터넷에 떠도는 여러 이유로 하루하루 발치를 미루어봅니다. 수년이 흐른 후 그 이로 인해 다른 이까지 충치로 만들 수 있다는 사실에 다음 주 드디어 발치하기로 합니다.

사랑니 하나 뽑는 데 별 생각을 다 합니다. 결론을

발치하는 것으로 정했다면 그뿐입니다. 한두 번의 고민과 전문가의 조언이면 충분한 일로 너무나 많은 시간을 소비하였습니다. 만약 그 시간에 다른 일을 하였더라면 더 좋았을 것입니다. 그러나 한 번의 경험으로 다음부터는 이 어리석은 일을 반복하지 않을 것이라는 생각에 다행이라 생각하곤 합니다.

　이제는 쓸데없이 고민하는 데 많은 시간을 보낼 나이가 아닙니다. 단지 어떤 두려움에 막히거나 용기가 부족해 고민이라는 핑계로 시간을 허비하지 말고 심플하게 한 가지만 생각해보십시오. 그게 바로 정답입니다.

　본인을 꾸밀 때도 마찬가지입니다. 아이돌 스타들이 하는 쇼를 보면 모든 게 화려해 종종 산만해 보이기도 합니다. 누구나 어릴 땐 그 시절 스타들을 동경해 따라하곤 하지요. 그러나 우아함과 품위를 찾는 나이가 되면 그 모습은 절제되고 심플하면서도 언행에서 고급스러움을 살리게 됩니다.

　우리의 사는 모습도 그렇습니다. 미니멀리즘이 유행하는 요즘, 꼭 필요한 것만 있는 심플하고 깨끗한 우리집이, 명품시계나 명품구두 없이 옷매무새 단정히 하고 나온 내 모습이, 이런저런 고민 없는 맑은 내 정신이 나의 하루를 힘차게 하고 또 아름답게 합니다.

무기력은 잠시 다녀가는 손님으로 대접하자

살다보면 무기력함이 몰려올 때가 있지요. 열심히 했는데 성과가 없다 싶을 때, 더 열심히 해보기도 하고, 때로는 이를 악물고 다시 해보기도 합니다. 하지만 정말 해도 해도 안 된다, 내가 이 정도밖에 안 되는 사람이었나 하는 자기 비하를 초래하는 무기력은 단숨에 사람을 해저 2만리로 잠수시킵니다.

아무것도 하기 싫고, 자신감마저 없어지니 덩달아 자존감까지 무너져서 집 밖으로 나가기조차 싫을 때가 있습니다. 그래도 낮에는 할 수 없이 회사에 나가고 저녁이면 소주 생각이 간절히 나기도 합니다.

'이러다 정말 안 되겠는데'라고 생각하지만 마땅히 다른 묘책도 없는 터라 좋아지기만 바라며 혹은 자기도 모르게 익숙해진 채로 시간을 보내게 됩니다.

때로는 특별한 일이 없어도 우리의 인생에 무기력 이란 불청객이 슬며시 찾아올 때가 있습니다. 그러면 그냥 지나가는 손님이라 생각하고 그 손님이 빨리 내 집에서 나가도록 노력해야 합니다. 그럼 어떻게 노력 을 해야 하는지 궁금하시죠. 물론 사람에 따라 다를 수 있습니다.

혼자만의 여행, 친구들과의 대화, 명상 등도 좋은 방법입니다만 저는 오늘 여러분께 약간 미친 듯이 운 동에 몰입하는 방법을 권하고 싶습니다. 그냥 운동을 하면 어지간해서는 그 손님은 나갈 생각을 하지 않습 니다. 약간 미친 듯이 해야 합니다. 땀이 범벅이 되도 록 눈물인지 땀인지 모를 정도로 할 때 그 흐르는 땀 에 무기력은 녹아 없어집니다.

건강한 신체에 건강한 정신이란 말이 있듯이, 건강 한 신체가 뒷받침된다면 어지간한 정신적 어려움은 작게 느껴질 수 있습니다. 아마 어떤 분들은 이렇게 말할 수 있습니다. 마음이 어지러운데 무슨 힘이 있느 냐고, 맞습니다. 그것이 바로 무기력이란 불청객입니 다. 그렇기에 우리는 그 무기력을 이기려고 운동을 해 야 합니다. 그것도 약간 미친 듯이 열심히 말이죠.

운동, 정말 하기 싫습니다. 좋은 날씨에 필드에 나가 골프를 치는 것은 몰라도 몇 시간 달리기나 걷기 같은 운동을 매일 하는 것은 우리 체질에 안 맞을 수 있다고 생각합니다. 하지만 지금 여러분의 배를 한번 내려다보세요. 어쩌면 어느새 튀어나온 배에 무기력이 숨어있을 수도 있습니다.

선비가 되면 좋겠다

책장 정리를 하라는 집사람의 잔소리에 오늘 새벽부터 마음먹고 준비를 합니다. 한두 번 시도한 것은 아니지만, 정리를 하려고 보면, 크게 정리할 것도 없는 것이 사실입니다. 쓰지 않는 것은 버리는 것이 맞긴 하지만, 막상 보면 전부 볼 것들이 넘쳐납니다. 버릴 물건들, 남들에게 줄 책들을 정리하여 쌓아놓고 다시 보면 어떻게 된 영문인지 그간 살펴보지 못한 좋은 내용들이 다시 보여 도로 책장에 꽂습니다. 그러면서 오늘은 조선시대 선비처럼 읽었던 책들을 다시 꺼내 밤새 읽어볼까 하며 앉았습니다.

책을 가만히 들여다보면, 작가의 느낌을 읽을 수 있습니다. 그리고 상상하게 되죠. 이 글을 쓰는 순간 작가의 마음상태나 환경들이 그림처럼 느껴져서 마치 영화를 보는 듯한 모습이 되기도 합니다.

저는 책을 읽을 때 이렇게 마음으로 읽는 법을 말하고 싶습니다. 마치 고등학교 시험 치르듯이 메마른 감정으로 눈으로만 책을 읽는 것이 아닌, 한두 장을 보더라도 마음으로 작가와 호흡하는 듯한 독서법은 참 바람직하다고 생각합니다. 어느 누가 책을 수백 권 읽었네, 수천 권 읽었네 하는 소리도 크게 와 닿지 않습니다. 정말 마음으로 책을 읽을 수 있다면 숫자는 크게 의미 없을 테니까요.

여러분들도 오늘 한번 선비가 되어 작가의 곁에서 세상을 한번 바라보지 않겠습니까?

보상심리와 핑계

보상심리라는 말이 있습니다. 흔히들 어떤 일을 하고 난 후, 그 일에 대한 보상을 다른 곳에서나마 대신 받고자 하는 마음이라고들 표현하고 있습니다. 인간이라면 자신이 한 일 만큼의 대가를 바라는 마음은 가지게 되기 마련이겠지만 과한 보상을 바래 채워지지 않은 만큼의 것을 다른 곳에서 찾게 된다면 어긋난 핑곗거리도 함께 찾기 마련입니다.

흔히들 군대에서 힘든 이등병 시절을 보낸 고참일수록 군기를 바짝 잡게 되고 시집살이를 고되게 한 며느리가 더한 시어머니가 된다는 말이 있습니다. 왜 나만 겪어야만 했는지 모를 괴로웠던 시간들을 상대 또한 느껴야 마땅하고 공평하다고 단정지으며 본인에겐 마땅한 보상의 시간이라 여깁니다.

어떤 분들 중엔 '내가 얼마나 열심히 일했는데, 다

른 사람들처럼 나도 이 정도는 써도 돼'하며 명품쇼
핑에 과도한 사치를 하기도 합니다. 카드 빚이 쌓여가
지만 저 가방을 들고 있는 사람보다 내가 덜 열심히
산다는 증거는 없으니까 이 정도는 누려도 된다고 생
각합니다.

같은 맥락의 심리로 자녀들의 성적에 집착하기도
합니다. 좋은 대학에 들어가는 것이 아이가 아니라 나
의 목표이고 이런 대리만족이 곧 본인이 누리지 못한
것에 대한 보상심리로 정작 자녀들의 괴로움은 모르
게 되는 경우가 많습니다.

보상심리와 핑계는 자신이 원하는 답을 얻기 위하
여 동기나 과정을 약간 왜곡하는 경우가 많습니다.

우리는 그것을 경계해야 합니다.

제 자신만 해도 운동을 한 날이면 이미 배가 부른
상태인데도 불구하고 침샘을 자극하는 삼겹살에 몇
번이고 젓가락이 더 가는 걸 느낍니다. 만약 그것들이
내 몸으로 들어가 지방으로 축적되고 혈관까지 쌓이
게 되는 모습이 눈앞에서 확인된다면 결코 그럴 수는
없을 텐데 말이죠.

사람들은 본인에겐 너무나 관대합니다.

그래서 본인의 실수를 자각하거나 후회를 하더라도
다시금 같은 일이 반복됩니다.

그런데 한 가지 확실한 건 보상심리나 핑계로 얻은 것은 실체와는 거리가 먼 것입니다.

아랫사람을 이유 없이 혼낸다고 해서 지난 시절 당신의 상처가 치유될 수 없고, 수입에 비해 과한 소비가 당신의 행복을 대변해 줄 수 없을 것이며(부채가 커질수록 그 고민과 해결은 당신의 삶의 질은 떨어트릴 것이므로) 대리만족을 위한 자식에 대한 집착은 가족 구성원을 각각 들여다봤을 때 행복하지 못하며 부정적인 결과를 초래할 수도 있기 때문입니다.

지금 하는 행동의 실체가 과연 내가 받아 마땅한 보상인 건지 결국은 부질없이 쫓아가는 헛된 망상은 아닌지 스스로에게 떳떳한 마음을 갖고 절제라는 조절을 해야 할 나이가 되었습니다.

대신 좋은 방향의 보상심리를 행하는 건 어떨까 합니다.

어릴 때 갑자기 내리는 비에 책가방을 머리에 쓰고 달릴 준비를 하는 제게 "꼬마야 잠시만" 하시곤 남는 우산이라며 건네주셨던 어느 어른을 생각하며 비 오던 어느 날, 저도 달리던 차를 세우고 트렁크에서 우산을 꺼내 발을 동동거리는 어린 학생에게 주면서 제가 받았던 사랑을 돌려줬습니다.

극장에서 아르바이트를 한 경험이 있는 제자는 영

화관을 나올 때 늘 다른 자리에 남아 있는 음료컵 몇 개는 들고 나와 버려 줍니다. 지금은 미술을 가르치고 있지만 시골에서 자라 학원이 아쉬웠던 지인은 재능 기부로 미술을 가르치러 가곤 합니다. 어릴 때 약한 몸으로 놀림을 받았다던 후배도 열심히 몸을 만들어 위험에 처한 학생을 구해주기도 했습니다. 이런 종류의 보상심리로 인해 당신의 마음이 훈훈해지고 이 작은 행복으로 인해 당신의 존재가 얼마나 가치 있는지 조금씩 그리고 매일 느끼길 바랍니다.

카카오톡의 수신확인에 목숨걸지 말자

어느 순간 우리는, 우리의 행복은 남들에게 맡겨 놓은 건지 모르겠습니다.

물론 사람에 따라 다르지만 우리는 남들과 함께라는 소속감을 의식적으로 동경하고 당연하다고 생각한 나머지 소속감을 느끼려 페이스북을 하고, 외로움을 감추기 위해 의식적으로 카카오톡을 하고 있습니다. 물론 일적인 부분으로 하는 경우를 제외하고는 대부분의 경우 카톡을 보내고 난 후 수신 확인을 뜻하는 노란색 숫자 '1'이 지워지길 바라고 있지요.

만약 1이 지워지고 난 후, 어느 정도 자신이 기대한 시간이 지나도 답이 오지 않으면 우리는 실망을 하고 화를 내기도 합니다. 이 때문에 싸우는 연인들도 제법 많습니다.

우리가 왜 그 작은 1이라는 숫자에 민감해할까요?

그 이유는 우리의, 나의, 행복의 뿌리를 나 자신이 아닌 곳에 내렸기 때문입니다. 보낸 카톡은 더 이상 내 것이 아니다. 나는 내 문자를 보냈고 상대가 안 보내는 것은 내가 어떻게 할 수 있는 부분이 아니지요. 보낸 것은 오직 내 마음이듯 안 보내는 것도 오직 그 사람 마음입니다. 모든 것을 내 것으로 만들 수 없다는 것을 이해했으면 합니다.

그 사람 마음 안에서 나를 찾으려는 시도를 하지 않는다면, 당신은 항상 평온할 것입니다.

당장 일이 되지 않을 때 해야 하는 일

괜히 일이 손에 안 잡히고 진도가 안 나갈 때가 있습니다. 가만히 생각해보면 기분이 좋지 않고 불편하니 일이 안 되는 것일 수 있지요, 그래서 여러 노력을 혼자 해봅니다. 그래도 여전히 되는 일이 없습니다. 생기가 없어지고 기운이 나지 않고 결국은 말 그대로 디프레스(depress)될 때 여러분은 무얼하시나요?

젊은 날에는 기분 좋을 만큼 술을 마시고 잊어버리기도 하고, 마음 맞는 친구와 수다를 떨며 괜스레 별 것 아닌 일로 그랬던 것마냥 쿨하게 넘기기도 하지요. 시간이 지나면서 그것은 다음 날 출근에 대한 컨디션에 지장을 주기도 하고 상대에게 나에 대한 필요 이상의 나약한 정보까지는 줄 필요가 없었다는 걸 알게 되면서 서서히 지양하게 됩니다. 그러면서 새로운 대안법을 모색하기 보단 이것이 인생이려니 하며 별다른 대책 없이 차곡차곡 무거운 마음을 쌓아가며 살고 계신 건 아닌가요.

저는 오늘 치매로 요양원에 계시는 할머니를 뵙고 왔습니다. 거의 매주 찾아뵙지만 갈 때마다 처음 온 것처럼 저를 맞아주십니다. 가끔은 어릴 적 손자로 보이고 가끔은 성인이 된 손자로 보이시는 것 같지만 늘 한결같이 내 손자 왔다고 좋아하십니다.

할머니와 산책도 할 겸 예전에 거닐었던 곳들을 산책합니다. 세상이 그리 변한 것은 없는데 사람만 늙어가는 듯한 기분 속에 할머니와 사진을 찍어 봅니다.

시간이 지나고 우리의 겉모습이 젊을 때와는 조금 달라졌다고 해도 우리는 언제 어디서나 우리 자신입니다.

당신을 부르는 이름이 직업에 따라, 직함에 따라 달라졌다고 해도 우리는 스스로를 잊지 않고 있습니다.

칭찬받던 어린 시절의 모습도, 꿈을 좇으며 공부하고 열심히 일하던 모습도, 행복한 미래를 꿈꾸며 결혼을 하고 소중한 아이의 탄생에 감격하던 모습, 원하던 것을 이루었을 때 기뻐하던 그 모든 모습들을 떠올려 보세요. 지금 당장 맥이 풀리고 힘이 들어 제자리걸음만 해야 할 것 같은 기분이 든다면 자랑스러웠던 당신의 모습을 떠올려보세요. 당신 자신에겐 꽤 괜찮은 순간들이 있었고 여전히 당신은 그런 사람입니다.

지금 누군가 당신에게 보이지 않는 모욕이나 수치심, 불안함을 주었다면 그건 성인으로서 됨됨이가 안 된 상대의 작고 요란한 깡통이 잠시 요동쳤을 뿐이니 그 깡통 하나가 당신을 작아지게 할 수 없음을 얼른 자각하길 바랍니다.

아무것도 되지 않는다는 생각이 들 때 그 원인이 무엇인지 한번 생각해 보고 그 과정에서 나 자신이 고매한 인격체임을 일깨워 보십시오. 내가 좀 잘 나간다고 잘해주는 사람도, 잘나간다고 시샘하는 사람도 또는 내가 본인 아래에 있다고 생각하고 함부로 대하거나 거만하게 구는 사람도 결국은 나를 진짜 나로 안 보거나 나를 모르는 사람인 것입니다. 불필요한 에너지를 낭비하게 되는 곳은 마음에서 치워버려야 하지요.

그래도 쉽게 안 된다면 고향에 계시는 조부모님이나 부모님을 찾아뵙는 것도 우리가 위로받는 따뜻한 해결책 중 하나라고 생각합니다. 내가 어떤 사람으로 어떤 위치에 있든지 나를 온전한 나로서만 바라보는 마음을 느낄 수 있으니까요.

다음 달에는 돌아가신 외할아버지와 외할머니 산소
에 다녀와야겠습니다. 잘 계신지 안부를 여쭙고 그리
운 마음 고이 담아 산소 옆에 묻어두고 오렵니다.

늘 좋은 사람이 될 필요는 없다

어린 아이들이 노는 것을 보면 좋고 싫음이 분명합니다. 두 명의 아이가 장난감 하나를 두고 서로 좋다고 합니다. 실랑이를 벌이다 정정당당하게 가위바위보를 해서 이긴 사람이 선택하기로 하고 둘 중 한명이 이겼습니다. 이긴 아이가 기쁘게 장난감을 집어 들려는 찰나, 다른 아이가 나타나 그 장난감을 갖고 싶다고 합니다. 조금 난처한 상황이 되었지만, 아이들은 시간이 지나면 또 다른 방법을 찾고 서로 어울려 놀 것입니다. 비록 그것 때문에 투닥투닥 잠시 싸우게 되더라도 내일이면 금세 잊고 또 어울려 놀 것입니다.

왜일까요, 아이들의 기억력이 짧아서일까요? 아니면 단순히 놀면 그만이기 때문일까요?

아닙니다. 셋 모두 자기 의견을 피력했고 합의해서

해결했기 때문에 감정의 패임이 없이 깨끗하기 때문입니다.

 그런데 이렇게 깔끔했던 아이들이 자라 중년이 되면, 다른 모습이 됩니다. 중년이란 나이가 가까워지면서 우리는 막연히 보다 성숙하고 젠틀한 모습을 갖춰야 한다는 생각을 하며 원하는 것을 솔직히 말하지 못하게 됩니다. 나이가 들수록 나잇값을 해야 하고 흰머리가 늘어날수록 타인에게 인자하고 배려하는 모습을 보이는 게 마땅하다고 주입되어 있는지도 모르겠습니다.

 인연을 소중히 하고, 서로 존중하는 인간관계는 아름답지만 그렇다고 모든 인연을 애써 그렇게 만들 필요는 없습니다. 남에게 늘 좋은 사람이 되려고 신경 쓰다 보면 내 마음이 다치거나 불편한 경우가 많고 그러다 보면 좋은 인연과 나쁜 인연이 뒤섞여 힘들어집니다. 살다 보면 뜻밖의 의인이 있는가하면 고운 가면을 쓴 악인도 있는 법인데, 내가 진심을 다하면 상대도 날 그리 대해 주겠지 하며 모두에게 정성을 다하다 보면 지칠 때가 많습니다. 모두를 무조건 배려할 필요도 모두에게 나이스한 사람이 되려고 애쓸 필요도 없습니다. 행복의 조건에서 언제나 제일 중요한 건 나 자신임을 잊어서는 안 됩니다. 나의 배려나 친절이 상대에게도 나에게도 기쁨으로 돌아오지 않고 나로 하여금 어색하고 불쾌한 기분이 들게 한다면 그 사람은 나의 호의를 전하고픈 편한 사람이 될 수 없는 것입니다.

'내가 조금 불편하면 되지', '내가 조금 손해 보면 되지', '내가 조금 참으면 되지' 하는 마음도 모두에게 적용할 수는 없다는 것입니다. 게다가 나이가 많고 적음을 떠나 나를 정말 생각해주는 사람들은 나를 불편하게도 손해보게도 힘들게도 하지 않는다는 것을 우린 이미 알고 있습니다.

어쩌면 묵인하고 넘어가준 일들이 나의 약점이 되고 나를 만만하게 보는 계기가 될 수 있음을 기억합시다.

너무 쉽게 들어준 부탁은 정작 나의 수고를 당연하게 생각하고 너무 빨리 잊으면서 그 다음 번에 더 큰 부탁을 해올 때 거절하면 뒷담화로 돌아오기 마련인 것처럼 말입니다.

우리는 모두 젠틀한 중년이고 싶고 우아한 중년이고 싶으니, 아니다 싶은 사람에겐 젊잖게 한 발 물러나 거리를 두는 것이 좋습니다.

✦ 행복공식

내 고요한 일상을 침범하지 못할 강화유리가 있다는 것을, 내 앞에 지켜야 할 선이 여기 있음을 보여주는 것입니다. 그것을 깨려고 하면 분명 당신이 다칠 수 있음을 사전 공지해주는 것입니다.

내일이 반드시 오늘보다 나을 거라고 누가 말했던가?

내일이란 말은 참 듣기 좋습니다. 무언가 희망적인 느낌을 줄 때가 많으니까요.

영화 「바람과 함께 사라지다」의 스칼렛 오하라도 마지막 장면에서 야멸차게 떠나는 레트를 어쩔 수 없이 보내며 "내일은 내일의 태양이 뜰 거야"라는 유명한 대사를 남겼지요.

젊은 날 우리는 기대보다 낮은 결과를 얻었을 때도 호탕하게 '내일이 있으니까 괜찮아'라는 말로 여러 번 위로하기도 했을 겁니다. 결코 멈추지 않는, '시간'이란 굴레 속에 사는 우리에겐 내일은 영원히 반복되는 것이므로 그것이 주는 위안은 참으로 크지 않을 수 없습니다.

하지만 가만히 생각해 보면 그 위안이야말로 참 위

험한 말이지 않습니까? 내일이 오늘보다 나을 것이라는 것은 막연한 희망이고 바람일 뿐, 내일이 항상 나을 수는 없으니까요. 누가 감히 장담을 할 수 있을까요? 그런 식으로 계산한다면 하루라도 더 많이 산 사람이나 여러 경험이 많은 사람이 무조건 실패나 후회를 덜 한다는 계산의 답이 도출되기 쉽습니다.

그뿐입니까, 막연히 시간을 풍요로운 것으로 착각한 나머지 자주 게을러지고 때문에 오늘 못한 일을 내일로 미루는 경우도 많이 겪었을 것입니다.

남성은 금연, 여성들은 다이어트로 예를 들어볼까요. 아마 젊을 때부터 지금까지 새해 목표 주요 단골 손님이었을 겁니다. 하지만 금연과 다이어트에 성공한 사람들의 공통점은 더 이상 내일로 미루지 않고 바로 오늘, 지금부터 실천을 했기 때문이었습니다.

더 이상 내일이란 말로 자신을 과잉보호하지 말고, 당장 오늘부터 시작해 봅시다.

긴 대화나 글도 필요 없습니다.

지금 이 순간, 눈을 감고 자신이 결심한 일을 다시 한 번 생각해보세요.

노력하는 오늘이라는 전제가 있을 때에만 아름다운 내일이 있는 것입니다.

용기

우리가 말하는 용기라는 단어가 있습니다. 용기는 일반적으로 평소에는 하기 어려운 일에 힘을 내어 성취하고 도전하려는 의식을 말할 때 주로 사용하게 됩니다. 우리가 흔히 말하는 용기에는 어떤 것들이 있을까요? 회사나 사회의 윗분들에게 말하기 어려운 내용을 이야기한다거나, 큰마음 먹고 평소 사고 싶었던 차를 산다거나, 평소에는 안 입는 새로운 스타일의 옷을 입고 외출한다든가, 늘 무섭게 짖어대는 골목길의 큰 개 옆을 지날 때 허둥지둥 피하지 않고 씩씩하게 지나갔을 때가 그런 경우겠죠. 다른 사람 또는 다른 대상에 대하여 자신이 하고 싶었던 것을 함에 있어 두려워하지 않는 기개나 과감한 시도를 동반하기도 하는 것이 일상에서의 용기죠.

그러나 용기, 사실 그것은 책임을 동반해야 하는 일입니다. 우린 더 이상 모든 결과에 경험쌓기란 명분으로 이해받을 수 있는 십대, 이십대가 아니기 때문입니다. '잘 될거야' 하는 막연한 시도는 그 다음에 따라올 수 있는 치명적 손실에 충분히 대비하지 않는다면 이른바 '폭망'(심하게 망함)의 예고편이 될 것이고 '어떻게든 되겠지' 하며 아드레날린이 솟구친 어느 날의 폭주는 돌이킬 수 없는 실수가 되기 마련입니다.

자식들 기죽이기 싫어서 무리한 지출을 하고, 어디에 살고 무슨 차를 타는지가 왜 궁금한지 물어보는 이에게 하지만 그것으로 나를 어떤 수준으로 대할 것임을 짐작하기에 애써 둘러댄다든지 혹은 또 부담스러운 지출을 계획하고 계시진 않습니까. 내 마음은 전혀 괜찮지 않은데도 불구하고 우울해 보이기 싫어서 다른 사람들이 하는 걸 나도 같이 따라하고 있지는 않으십니까?

많은 돈과 많은 배움이 무조건적인 지성인을 낳는 것이 아님에도 크게 떠들고 무리지어 웃는다고 무조건 행복한 사람은 아님에도 우리는 그들의 잘난 척과 갑질, 우월감 같은 것에 잠깐씩 움찔할 때가 있습니다. 정작 서로의 실생활은 어떤지 알지 못하면서 말입니다.

저는 우리에게 필요한 용기는 우리의 맨얼굴을 정직하게 직시하는 것이 아닐까 합니다. 현실의 나, 나의 내면과 나의 경제력, 나의 가치는 물론이고 나도 모르는 나의 어두운 부분까지 면밀히 관찰할 수 있게 자세히 들여다 볼 용기를 가져봄을 권합니다. 일생일대의 일확천금을 꿈꾸는 게 아니라면 장기적인 계획을 세우면서도 늘 새로운 아이디어를 모색하는 일상을 지내고, 부족한 것 같거나 관심이 가는 분야가 있으면 알아가는 재미를 느껴보고, 내 마음이 우울한 것 같으면 내가 좋아하는 것을 하며 기분을 끌어 올려야 합니다.

우리는 남들에게 참 괜찮게 보이고 싶고 스스로도 괜찮다고 믿고 싶어 하기 때문에 본인의 민낯을 마주하길 원치 않는 경향이 있습니다. 나도 모르게 남의 시선에 나 자신을 고정시켜 두고 있으면 우리는 자유로울 수도 행복할 수도 없습니다. 나 또한 이 세상에 하나밖에 없는 소중한 사람이고, 누가 뭐래도 내 삶은 내 우주에서 가장 빛나고 있는데 그걸 저당 잡히는 꼴을 용납해서는 안 되겠죠. 그렇기에 스스로를 잘 알고 스스로를 늘 채우는 삶을 살게 되면 매일이 당당하고 뿌듯할 수밖에 없습니다.

용기와 도전, 어찌 보면 같은 말이고 우리 주위에서 늘 맴도
는 말입니다. 자신을 알고 또 바로 볼 수 있는 용기에 도전하시
길. 나이가 들수록 점차 몸속의 힘이 빠지는 것처럼 우리의 용기
도 결핍되지 않도록 스스로 북돋아야 함을 잊어서는 안 됩니다.

3장

드라마처럼 살아보기

세상이 정한 기준에 맞추지 마라

어느 힐링 콘서트 초대 강연자로 칠순을 바라보시는 어머니 한 분이 나오셨습니다. 다소 수줍은 듯한 표정으로 준비해 오신 글을 한 줄씩 읽어 내려가는 모습에 관객들은 숨죽여 조용히 듣고 있었습니다. 조명불이 너무 밝아서 글씨가 잘 안 보이시는 듯, 눈살을 찌푸리시는 것을 보고 관계자가 조명을 조절합니다. 한결 편안한 표정으로 또박또박 글을 읽어 내려갑니다.

"내 나이 칠순을 바라보지만 지금까지 아이들 뒷바라지와 세월의 무게에 밀려서 내가 어떻게 살았고, 무엇을 하며 벌써 이곳까지 왔는지 모르겠습니다. 하지만 지난주 우리 딸과 함께 용기를 내어 평소 하고 싶었던 패러글라이딩을 해 보았습니다. 평생 소원 중 하나였던 꿈을 이루는 순간이었고, 지금까지의 모든 힘들었던 과거가 내 발밑에 지나가는 것 같았습니다. 저는 다음에 또 다른 도전을 내 딸과 함께 해 보려고 합니다."

이 말을 들은 대부분의 관객들은 눈물을 흘렸고, 강연이 끝나자 많은 사람들이 그 분의 곁으로 가 따스한 포옹도 하고 같이 사진을 찍기도 했습니다. 갑작스레 스타가 된 것 같은 기분이 드셨는지 꽃다발에 묻힌 얼굴이 마치 빨간 장미와 같았습니다.

지나간 일을 떠올리면 누구나 아쉬움이 남습니다. 그렇기 때문에 남은 인생, 어떻게 하면 아쉬움을 적게 느끼며 살까 고민해봅니다. 저마다 생각하는 좋은 방법들이 있으리라 생각합니다만, 저는 자신을 또는 자신이 바라보는 세상을, 세상이 정한 기준에 맞추지 말라고 말하고 싶습니다.

'지금까지 이렇게 살았기 때문에 남은 인생도 이렇게 살아갈 것이다. 그것으로 충분히 만족한다'라고 말할 수 있는 사람은 얼마나 될까요? 물론 지금까지의 삶이 만족스럽고 남은 생도 지금까지의 삶과 같다면 이견을 말할 필요도 없습니다. 하지만 여러 방송에서 나오듯이 많은 사람들이 다시 태어난다면 지금처럼 살지 않겠다고들 말합니다.

어느 중견기업 회장님은 퇴직 후 요리사가 되었습니다. 일반적으로 퇴직하시면 기업체 고문이나 취미 생활을 하는 것이 대부분입니다. 하지만 이 분은 요리사가 되셨습니다. 처음에는 현직에 계실 때 워낙 좋은 호텔을 많이 다니시고 맛을 아시니 호텔 요리사가 되었겠지라고 생각했지만, 그와는 다르게 중국집에서 짜장면을 만들고 계셨습니다. 기계가 아닌 손으로 반죽하는 손짜장면이라 팔도 많이 아프실 텐데 손수 면을 뽑고 한 달에 한 번은 동네 어르신들과 이웃들에게 무료로 짜장면을 주는 일도 하십니다. 자신의 행복을 베풂에서 찾고 계신 분이 아닌가 합니다.

남들이 예상하는 세상의 기준에 맞추며 살다보면 자신의 행복이 과연 무엇인지 모호해질 때가 많습니다. 앞서 말씀드린 칠순의 어머니와 회장님이 세상의 기준에만 맞추며 살아왔다면, 아마 자신의 행복은 뒤로 한 채, 지금도 작년처럼, 어제처럼 매일 같은 모습으로, 같은 생각으로 살아가셨을지도 모릅니다.

지금부터는 세상이 정한 기준이 아닌 내가 정한 기준으로 살아가는 용기를 가져보는 것이 어떨까요?

자신의 진정한 행복을 만들기 위해서는 용기가 필요합니다.

사지선다형 인생에서 벗어나라

초등학교에 입학하면서부터 중학교, 고등학교 총 12년을 거치고, 대학교와 각종 영어시험과 자격시험을 통하여 우리가 익숙해져 있는 한 가지가 있습니다. 바로 사지선다형 시험입니다. 한 문제에 네 개의 항목이 있고, 그중에 하나 답을 고르는 것이지요. 이 시험은 공부를 하지 않더라도 운이 좋으면 최소한 25%의 확률로 정답을 맞출 수 있다는 장점이 있습니다. 주관식과 달리 생각을 덜하게 되고 답을 아예 못 적는 일은 없게 되지요. 이러한 방식에 수십 년 길들여져 있다 보니, 우리는 세상을 살아가는 것도 네 개의 후보 중에 선택하는 듯한 경험을 하게 됩니다.

점심시간 중국집을 가더라도 짜장면, 짬뽕, 볶음밥, 잡채밥 중에서 고르게 되고, 디저트 커피숍에 가서도 아메리카노, 카푸치노, 카페라떼, 에스프레소 등과 같이 여러 가지 메뉴 중에 선택을 하게 됩니다. 그런데 어제는 갑자기 예전에 감기가 들면 얼큰하고 뜨겁게 먹었던 울면, 그 울면이 너무 먹고 싶어서 중국집에 갔습니다. 그런데 메뉴에 울면이 없습니다. 그래서 다른 중국집에 찾아가서 메뉴를 봅니다. 아쉽게도 거기에도 울면은 없습니다. 더 이상 찾으러 다니기 싫어 우동이라도 먹으려는데 그곳에는 우동조차도 팔지 않았습니다.

그래서 주인장에게 물어봅니다. 왜 울면과 우동이 메뉴에 없는지 말이죠, 주인장의 말이 "예전처럼 울면과 우동을 찾는 사람이 거의 없어서 메뉴를 단순화시켰습니다. 하지만 찾으시는 손님이 있으면 메뉴에 없더라도 만들어 드리곤 합니다." 정말 반가운 대답이었습니다. 어떤 식당은 오랜만에 찾아가면 메뉴판에 없는데 왜 시키고 물어보느냐는 식으로 보는 곳도 간혹 있습니다만 그날은 운 좋게 울면을 맛있게 먹고 왔습니다. 즉 울면이나 우동은 사지선다형의 문제에는 없었던 답이었지요.

오늘은 우리 삶이 사지선다형의 메뉴판에서 선택할 수 있는 단순함에 그려진 퍼즐이 아니라는 것을 말씀 드리고자 합니다. 우리의 삶이 멀리서보면 한 편의 수

채화처럼 빈틈없이 아름답게 정돈된 그림인 것 같지만, 가까이서 살펴보면 가끔은 빠진 퍼즐도 있고 구겨진 퍼즐도 있으며, 비슷하게 생겨서 잘못 맞추어진 퍼즐도 있습니다. 하지만 사람들은 누구나 완벽한 퍼즐을 원하고 아직 맞추지 못한 부분은 조바심을 내어 빨리 그 조각을 찾아내려고 정신없이 살고 있습니다.

누가 말하더군요. "인생이라는 퍼즐은 죽기 전까지 다 맞추지 못하는 게임"이라고 말입니다. 인생은 그리 단순하지 않아서 이미 주어진 퍼즐로 다 맞출 수 없기에 때로는 퍼즐이 맞지 않으면 다른 퍼즐로 공간을 채워보기도 하고 그래도 퍼즐이 맞지 않으면, 그 퍼즐조각을 가위로 자르거나 손질을 하여 맞추어야 합니다. 오랜 시간이 지나는 동안, 퍼즐이 변형될 수도 있으니까요. 그렇기 때문에 우리는 손에 쥔 퍼즐로만 인생을 맞추려는 노력을 해서는 곤란합니다.

✦ 행복공식

　인생은 사지선다형의 객관식 문제가 아니라 당신이 유능한 재단사가 되어 맞춤형 옷을 만드는 주관식 문제입니다.

삶과 죽음에 대해 진지하게 고민하라

이제 한 번 정도는 생각할 때가 되었습니다. 원하지 않지만 가끔 지인들의 부고를 접할 때가 있습니다. 어느새 이런 나이가 되었나 싶기도 하지만, 얼마 전까지 함께 웃으며 소주잔을 마주하던 친구가 가족들을 두고 떠나 영정사진으로 맞이할 때면, 내가 살고 있는 세상에 대하여 다시 한번 생각하게 합니다. 남아 있는 사람들과의 수많은 계획들과 아이들과의 약속들도 묻어 둔 채 무심히 떠나는 사람들을 볼 때, 우리 인생은 우리가 원하는 대로 마무리지을 수 없다고 생각합니다.

어느새 우리도 한 번 정도는 생과 사에 대해 담담히 바라볼 자세가 필요한 나이가 되었습니다. 무섭고 싫다고만 해서 피할 수 있는 대상이 아님을 알기에 하루하루를 어떻게 살아야 할지 다시 한 번 생각해 볼 필요도 있습니다. 하지만 미련한 것도 인간이라 그 사실을 자주 망각하고 살기에 그것이 문제라면 문제이지요.

어릴 적에는 빨간색으로 이름을 쓰면 일찍 죽는다는 말에 빨간색 볼펜은 채점할 때만 쓰고 아예 필통에 넣어 다니지도 않을 만큼, 죽음이란 존재 자체를 부정하고 싶었습니다. 하지만 인간은 태어나면서부터 죽음을 향해 질주한다는 어느 작가의 말처럼 무작정 부정만 할 것이 아니라 삶에 대한 태도를 분명히 할 필요는 있습니다.

영원의 존재가 아님을 철저히 느낄 때 비로소 오늘이 시간이 얼마나 소중한지 느끼게 될 뿐만 아니라, 내가 신적 존재가 아님을 깨닫고, 멀다고 하면 먼, 하지만 역사라는 시간 속에서는 그저 한 순간일 뿐인 나의 인생의 마지막을 보는 큰 그림을 한번 그려보시기 바랍니다.

저마다의 큰그림이 있다면 갑자기 찾아 온 시련 앞에서도 담담할 만큼, 삶에 대한 우리의 자세도, 방식도 달라질 것이라 확언합니다.

평소 좋아하는 천상병 시인의 「귀천」이란 시를 적어봅니다. 한번 음미해봅시다.

여러분에게 삶이란 어떤 의미인가요?

귀천(歸天)

천상병

나 하늘로 돌아가리라.
새벽빛 와 닿으면 스러지는
이슬 더불어 손에 손을 잡고,

나 하늘로 돌아가리라.
노을빛 함께 단 둘이서
기슭에서 놀다가 구름 손짓하며는,

나 하늘로 돌아가리라.
아름다운 이 세상 소풍 끝내는 날,
가서, 아름다웠더라고 말하리라

지금 거울을 보자, 누가 있는가?

얼마 전까지만 해도 거울을 보는 일은 아침 저녁 세수할 때나 식사 후 잠시뿐이었습니다. 이 시대 많은 아버지들이 비슷할 것입니다. 거울 보는 시간 하루 24시간, 1440분 중, 약 5분.

그만큼 우리의 얼굴이 어떻게 변하는지도 모를 만큼 바쁘게 살아가거나 관심을 기울이지 않는다는 것입니다. 그러다가 어쩌다 찍힌 사진을 볼 때 중년이 된 자신이 서있는 모습을 보고 깜짝 놀란 적 한두 번씩 다 있을 겁니다. 내가 언제 이렇게 살이 불었나, 얼굴에 팔자주름은 언제 이리 깊게 자리 잡았나, 이렇게 변한 자신을 볼 때, 아무런 마음의 동요 없이 지나칠 수 있는 사람은 아마 많지 않을 겁니다.

남자든 여자든 "관리를 해야겠다, 앞으로 신경 쓰고

살아야지" 하는 생각을 잠시라도 하게 되겠지요.

중년, 늘어진 배, 웃음을 잃어버린 얼굴, 언제 샀는지 기억조차 나지 않는 낡은 바지와 티셔츠. 이런 수식어와는 단호하게 결별해야 합니다. 이런 말들이 우리를 묘사하게 두어서는 안 됩니다.

이미 시작된 노화를 되돌릴 수는 없습니다. 그러나 늦출 수는 있습니다.

오늘부터라도 대충 지나가지 말고 거울 볼 때도 좀 더 자신을 더 살피고, 다양한 표정을 지어보며 웃는 얼굴을 연습해 보세요. 옷을 입더라도 깨끗이 다려서 입고 자신한테 어울리는 색은 어떤 건지도 관심을 가져보세요.

내가 허리를 너무 구부리고 앉는 건 아닌지, 어깨를 축 늘어트리고 걷는 건 아닌지, 말할 때 미간을 너무 찡그리는 건 아닌지도 관심을 가져보세요.

매일 자세히 들여다보면 불필요한 저녁 술 약속은 하루 정도 취소하고, 사랑하는 가족과 웃으며 오이로 얼굴에 팩을 하고 싶은 마음이 들 수도 있습니다.

책을 많이 읽지 못한다고 자책하지 말자

  대형 서점에 가서 같은 주제로 책을 골라보면, 참으로 비슷한 내용들이 많습니다. 예를 들어 성공에 대한 책을 찾아본다면 수백 년 전부터 오늘까지 수천, 수만 권의 책들이 출간되고 있습니다. 비단 우리나라뿐 아니라 일본, 미국, 유럽 등 세계 곳곳의 사람들이 성공에 대한 이야기를 하고 있지요. 하지만 그 책들 중 어느 하나 전에 없던 특별한 비밀을 담은 것이 없습니다. 하지만 그 책들은 늘 자기계발서 코너에서 베스트셀러로 올라와 있지요,
  하지만 오랜 시간동안 비슷한 주제에 다양한 책이 나올 수 있었던 이유는 "작가가 각기 살고 있었던 시대적 환경에서 자신의 특수한 경험"이라는 사실을 통하여 성공을 말하기 때문에 다양성과 차별성을 가지는 것입니다.

독서, 우리는 어릴 적부터 항상 가까이해야 한다고 배워왔기에, 책을 많이 읽지 않는 분들은 늘 뭔가 숙제를 갖고 있는 것처럼 부담을 느끼기도 합니다. 제가 오늘 말씀드리고 싶은 것은 책을 보지 말라는 것이 아니라 너무 많은 책들을 볼 필요가 없다는 것입니다. 중년의 나이에 책을 많이 볼 걱정은 안 해도 된다고 말하신다면 그나마 다행입니다만, 책을 많이 읽지 않는다는 중압감에 자책하는 분들을 위해서도 드리는 말씀입니다.

관심 있는 분야가 행복이라면, 행복에 관한 책 일 년에 서너 권이면 족합니다. 읽지도 않을 행복에 관한 수십 권의 책을 사서 마음이라도 편할 요량으로 책꽂이에 둘 필요는 없습니다. 읽다 보면 비슷한 내용들도 많을 테니까요. 그리고 그 많은 책들 중에서 다른 책들과 차별화된 내용을 담은 책을 찾는다면 서점을 찾은 보람과 기쁨이 되겠지요.

책을 굳이 많이 읽을 필요 없이, 한두 권을 읽더라도 읽고 난 후 바로 실행에 옮길 수 있는 책을 보고 활용하여 보십시오. 그리고 한번 읽고 난 후 그 책을 곁에 두고 잊지 않도록 자주 보십시오. 그것이 진정 책을 바로 읽는 참다운 모습일 것입니다.

지금이 바로 가장 좋은 때이다

살아가다 보면 슬럼프가 오는 경우가 있습니다. 경제적으로 또 신체적으로 여느 때와는 다르게 정상 페이스가 아닐 때 우리는 흔히들 '늪에 빠졌다' '슬럼프를 겪고 있다'라는 말을 하곤 합니다. 이 기간 동안 우리는 보통 무엇을 하는가요? 보통 이 시간이 빨리 지나가길 바라기만 하고 수동적인 자세를 취하기 십상입니다. 물론 저 또한 그랬으며, 실제적으로 슬럼프에 빠지면 의욕도 나지 않는 것이 사실입니다.

책을 쓰면서도 당장이라도 다른 일을 하고 싶은 욕구가 생길 때도 있습니다. 하지만 한 걸음 뒤에서 보면 내가 실질적으로 지금 시점에서는 할 수 없음에도 불구하고 욕심만으로 내 마음을 힘들게 할 때가 많습니다. 그럴 때 차라리 지금 이 시간에 나는 글을 쓸

수 있고 더 많은 사색을 통하여 좋은 생각으로 책을 만들 수 있다고 생각해보면 지금 이 시간이 그리 무의미하지도 지루하지도 않을 수 있습니다.

'넘어진 김에 쉬어간다'는 말이 있습니다. 혹시 지금 슬럼프에 빠져 계신가요? 인생이라는 비포장도로에서 돌부리에 걸려 넘어졌을 때 금방 일어나려 애쓰는 것보다는 한 박자 쉬면서 다친 마음을 돌아보고 그간 여유가 없어 찬찬히 돌아보지 못했던 자신을 살펴보는 시간을 갖는 것이 어떨까요?

운동을 하더라도 끊임없이 고강도 운동을 할 수는 없습니다. 보기 좋은 근육을 가지기 위해서는 적절한 휴식과 충분한 영양이 필요하듯 우리 인생도 넘어졌을 때 스스로에게 휴식과 영양을 주는 지혜가 필요할 것입니다.

✦ 행복공식

만약 넘어져 있다면 그간 생각하지 못했던 그 일을 할 가장 좋은 때, 바로 적기입니다. 지금 바로 시작하십시오. 당신을 응원합니다.

멈출 줄도 알아야 행복하다

여러분은 다른 이들의 시선에서 자유로우신가요? 우리 한국 사람들은 너무나 다른 이들의 눈을 의식하며 살고 있습니다. 그래서 스스로는 이제 힘들고 이정도이면 충분하다고 생각하면서도 남들의 기대가 신경 쓰여 멈추지 않고 계속해서 전진만 합니다.

우리의 몸과 마음이 힘들다는 신호를 보내기 전에 멈출 줄 알아야 합니다. 그러나 많은 사람들은 스스로의 기준 없이 사회의 기대치, 남의 눈에 맞추며 살아가는 경우가 많습니다.

내 몸이 내 마음이 이제는 좀 그만하라고 신호를 보내도 괜찮다며 조금만 견뎌 보라고 합니다. 그러다가 몸 이곳저곳에서 이상신호를 보내면 그때서야 조금 신경을 써 보기도 합니다.

주위에서 친구나 지인들의 이런 모습을 우리는 너무나 자주 보고 있지 않습니까? 그러나 나는 괜찮을 거라는 생각만으로 밀어붙이는 불도저식의 근거 없는 사고는 과연 어디에서 나올까요?

우리는 멈추는 시기도 알아야 합니다. 멈추는 시간이 원하지 않는 시기에 왔다고 하면 신이 보내는 신호라고 생각하고 아무 생각 없이 쉬어야 합니다. 멈추는 시기 동안 그간 잊고 있었던 내가 좋아하는 곳, 내가 좋아하는 사람을 실컷 만나 보아야합니다.

그렇게 충분한 충전을 하고 잊고 있었던 행복도 느낀 후에 다시 찾아올 기회를 잡아야 합니다. 충전 없이 그냥 달려가다가는 우리의 몸과 마음은 서서히 시들어갈 것입니다.

과연 그렇게 달려가는 끝에 무엇이 기다리고 있을지 한번 생각해보면, 우리는 멈출 줄도 알아야 행복하다는 것을 알 수 있습니다.

✦ 행복공식

가끔씩은 인생에 쉼표라는 선물을 자신에게 주어보세요. 훨씬 더 여유로운 삶을 얻을 수 있습니다.

두고 보라지

어릴 적 우리는 보통 친구와 싸우고 난 후, 분이 안 풀릴 때나 억울할 때 "두고 보자"라는 말을 하곤 했습니다. 하지만 이러한 말을 이제 상대방이 아닌 스스로에게 많이 해보는 것은 어떨까요?

우리는 인간이어서 모든 일들, 모든 사람들에게 만족할 만한 답과 결과를 안겨줄 수 없기에 때로는 기대한 보상을 받지 못 하기도 합니다. 그때 우리는 스스로 우리에게 '너 왜 이것밖에 안 되니' '그럼 그렇지, 내가 하는 일이' 이런 식의 자책은 하지 않았으면 합니다.

이제 여러분도 아시겠지요. 실상 세상의 모든 일에는 그 일을 잘 되기 위한 자신의 노력뿐만 아니라 운이란 것도 반드시 존재하기에 자신의 탓으로만 돌릴 수도 없는 문제입니다. 진인사대천명이라는 말이 그러하지요.

차라리 그때 자신을 궁지로 몰아세우는 생각보다는 '그래 두고 보자 내가 꼭 성공해서 보여주겠다'라는 식의 사고가 훨씬 자신을 사랑하고 긍정적인 미래를 당기는 생각입니다.

저는 어릴 적 거의 대부분의 시간을 스스로에 대한 칭찬보다는 반성으로 많이 보낸 것 같습니다. 하지만 반성이 곧 자책이 되지는 않았지요. 아직 나에게는 미래가 있기 때문에 두고 보자, 꼭 보여주겠다는 생각을 많이 했던 것 같습니다.

저는 중학교를 입학하자마자 전학을 오게 되었습니다. 그래서 교과서뿐만 아니라 수업 진도 역시 크게 차이가 나는 상황에서 공부하게 되었습니다. 거기다 설상가상으로 갑자기 변화된 도시 문화 속에서 정말 순덕이네 순덕이처럼 어리숙한 제가 요즘 말하는 왕따와 같은 처지까지 가 있었습니다. 정말 중학교 시절은 전혀 기억하고 싶지 않은 제 유일한 학창시절이었습니다. 하지만 얻은 것이 있었습니다.

그때는 전혀 이해하지 못했던 수업내용이지만, 정성스럽게 적고 노트필기를 하며, '지금은 비록 이해 못하더라도 언젠가는 이해할 수 있을 거야'라고 생각하며 포기하지 않고 열심히 했습니다.

그 덕분에 가장 중요했던 중학교 1학년 시절 영어

에 대하여 포기할 환경이었는데도, 지금은 영어에 대한 부담감 없이 외국인들과 사업까지 하고 있습니다.

한 가지 제 이야기를 더 들려드리겠습니다. 저는 어떤 모임에 가더라도 처음에는 각광을 받지 못합니다. 그러나 시간이 흐르면 어느새 제가 그 모임을 주도하는 리더의 역할을 맡는 경우가 많습니다. 그 이유는 제가 사람을 좋아해서이기도 하지만, 저만의 자신감이 있기 때문입니다. 고등학교를 졸업할 때도, 대학교를 졸업할 때도 늘 그런 생각을 합니다. 지금은 비록 인정받는 졸업생으로 기억하진 못하겠지만, 언젠가는 자랑스러운 선배 졸업생이 되어 후배들에게 강의하러 오고, 교장선생님과 차 한잔 하거나 총장님과 담소를 나누는 모습을 말이죠.

이런 식의 자기 긍정적인 사고는 충분히 필요합니다. '두고 보라지, 난 남들과 다르다. 비록 지금 어떤 모습일지라도 그 모습으로 무너지지 않아' 이렇게 스스로 다독거리고 중얼거리는 모습 참 아름답지 않나요.

✦ 행복공식

나에게 외쳐보세요. "두고 보자! 넌 반드시 잘 될 거야!"

이미 6개월을 보냈다면 아직 6개월이 남아 있다

세월이 야속하다는 노래 가사가 있듯이, 정말 야속하게도 시간은 너무 빨리 지나가고 있습니다. 과거를 생각해보면 고등학교 시절, 정말 하루하루가 느리게 가고, 종일 학교와 독서실을 오가며 오직 하루 중 느끼는 즐거움이란 저녁 식사시간 학교 근처 중국집 짬뽕 하나에 집에서 가져온 밥을 넣고 친구들과 나누어 먹는 시간뿐이었습니다. 그때는 지나가는 대학생만 보더라도 행복한 사람이라 생각했고 부러울 따름이었습니다. 그렇게 길고 긴 시간이 지나고 대학생이 되고 군대를 갔습니다. 하루하루가 너무 길어서 국방부 시계는 가지 않는다는 말까지 할 정도였으며 제대만 하면 세상 모든 것을 이룰 수 있다고 동기들과 우스갯소리를 나누던 것이 생각납니다.

그러던 시간이 요즘 들어 얄미울 만큼 너무 빨리 지나가고 있습니다. 30대에는 30km의 속도로, 40대에는 40km의 속도로 간다는 말이 있듯이 하는 일이 젊을 때보다 없음에도 불구하고 나이가 들수록 시간이 빨리 지나간다는 어른들의 말씀을 공감하며 살고 있습니다.

벌써 달력은 6월, 올해도 6장의 달력만을 남겨놓고 있습니다. 책상 위 다이어리를 봅니다. 6개월 동안의 나의 흔적과 기록들이 빼곡히 들어있지만, 씁쓸한 웃음만이 납니다. 그리 넉넉한 점수를 줄 만큼의 과거는 아니었는가 봅니다.

어느새 6월이라는 생각에 조용히 부엌으로 가서 커피 한 잔을 만들어 다시 달력을 바라봅니다. "비록 올해 6개월이나 지났지만, 아직 6개월이란 시간이 남아있다. 그래 다시 후반기 새롭게 시작해 보는 거야"라는 생각으로 동네 문구점에 가서 하반기 다이어리를 찾습니다. 요즘 들어 저 같은 사람들이 많은지 일 년이 아닌 분기별, 반기별 다이어리가 제법 있습니다.

새 물은 새 그릇에 담고 싶은 것처럼 우리에게는 아직도 새로운 것에 최선을 다하고 싶은 마음이 있습니다. 오늘 새로 산 다이어리를 보고 흐뭇해하듯이, 하얀 눈이 내리는 크리스마스 저녁에 올 하반기 다이 어리를 보고 웃으며 오늘을 회상했으면 하는 바램을 가져봅니다.

✦ 행복공식

늦다는 생각 역시도 자신이 하는 것입니다. 지금 새롭게 시 작하여 보십시오. 더 이상 변명하지 말고!

끊임없이 자기 말만 하면 자신의
부족함이 보이지 않는다

요즘 들어 우리 중년에게도 자기계발이란 단어가 핫키워드(Hot Key-word)입니다. 몇 해 전까지만 하더라도 자기계발이나 인문학 강의를 들으려면 서울까지 가야 했으나, 요즘은 지방에도 많은 강좌가 개설되고 있습니다. 또한 발품만 잘 판다면 얼마든 무료 강좌도 들을 수 있습니다. 각박해져가는 세상, 기계들이 인간이 해야 할 노동을 대신해주는 시대에 우리는 누구나 위로받고 싶어 하고, 경쟁에서 뒤처지지 않으려 노력합니다.

어제는 마침 지인이 운영하는 인문학 강의에 초대받아서 두 시간 정도 참석해 보았습니다. 멋진 프로필을 소개한 강사는 두 시간 동안 쉬는 시간 없이 최선을 다하였습니다. 하지만 듣는 사람의 입장에서 몇 가지의 아쉬운 점이 있었습니다.

첫째, 청중이 초등학생부터 50대 이상 중년까지였는데, 쉬는 시간 없이 두 시간을 계속해서 한다는 것은 집중도를 떨어뜨릴 수밖에 없습니다. 아무리 강의를 잘하는 사람이더라도 한 시간 이상 강의에 집중하는 것은 여간 어려운 일이 아닐 수 없습니다.

둘째, 무대에 서면 반드시 높임말을 써야 합니다. 아빠와 함께 온 고등학생, 초등학생들이 있었습니다. 강사의 자녀보다 나이가 더 어리다고 할지라도 "야, 너는 이럴 경우 어떻게 할 거야"라는 식의 질문과 어투는 그 강사의 수준을 의심케 하였습니다.

셋째, 자신의 자랑을 너무 하면 곤란합니다. 물론 많은 경험과 공부를 하였기에 무대에서 강연한다지만, 은연 중에 자신의 자랑을 너무하는 경우가 있습니다. 차(茶)의 종류에 대하여 말하면서 "수천만 원짜리 차를 마셔보았다, 가격이 싼 차를 선물하면 받는 사람이 기분 나빠할 수 있다"와 같은 말은 물론 무조건 틀렸다고 할 수는 없지만 비싸다는 것이 양질을 보장하는 것이 아니고, 비싸고 싸다는 것의 기준도 상대적인 것이어서 적절한 말은 아닙니다. 더군다나 강연하는 강사의 말로는 부적절하지요. 어디 여행을 가서 누가 생각나서 마음을 전하고자 차를 살 수도 있습니다. 그것이 굳이 좋은 차가 아니라 할지라도 마음을 전달하는 것도 될 수 있는데, 그렇게 보지 않고 너무 확언하는 모습에서 안타까워 보였습니다.

강의를 듣고 이런 생각이 들었습니다. '자신의 생각 속에 갇혀 강의를 하면 정작 자신의 부족한 점이 보이지 않는구나.' 물론 저도 강의를 많이 하고 있습니다. 하지만 저 역시 이럴 수도 아니 어쩌면 이보다 더할 수도 있다는 생각을 하며 스스로를 많이 돌아보았습니다.

사업이든, 사람과의 관계이든 가끔씩은 자신의 입장에서 한 발자국 떨어져서 자신을 바라보는 기회와 여유를 가지기를 바라고, 그렇게 말해줄 수 있는 친구를 가지시길 바래봅니다.

✦ 행복공식

타산지석(他山之石), 오늘의 실수나 반성을 기반으로 더욱 발전할 내일의 나를 그려봅니다.

4장

내 삶의 가치를 남기다

때로는 묵묵히

고등학교 시절 영어시간, 단어 외우면서 답답하거나 화난 적 있으시죠? 아마 많다고 답하신다면 공부를 잘하신 분일 겁니다. 보통 포기하기 때문에 답답할 이유가 없었다는 중년이 많아서 말입니다. 저의 기억을 떠올려보면 영어공부를 하며 답답한 적이 한두 번이 아니었습니다. 영어를 볼 때마다 새로운 단어들로 문장 해석이 제대로 안 될 때, 하루에도 수십 개의 단어를 수년간 외워도 도대체 어디에서 그런 단어들이 불쑥불쑥 나오는지 사전을 찾고 외우는 일로 많이 힘들었습니다.

이제는 추억이 된 오래된 영어사전이 그간 묵묵히 공부해온 시간들을 보여주는 것 같아 내심 흐뭇하기는 하지만, 항상 추억이라는 녀석은 지나고 난 후에 아름다운 것이기에 현재 주어지는 고민과 아픔에 대하여는 큰 힘이 되어주지는 못합니다.

이제는 그때처럼 영어공부를 할 일이 많지 않지만, 나이가 들고 책임감과 의무감이라는 이름으로 학창시절 영어공부처럼 어렵고 힘들지만 해야만 하는 일들은 많이 있습니다.

참 힘드시죠,

이럴 때 역시 우리가 할 수 있는 일은 그저 묵묵히 차근차근 할 일을 해나가는 것입니다. 어쩔 수 없이 해야만 하고, 우리가 감히 포기할 수 없고 달리 방도가 없을 때는 더 이상 불평불만을 하지 말고, 그 시간조차도 아끼면서 묵묵히 스스로 전진해야 하는 것이죠.

말의 눈가리개가 다른 곳을 보지 않고 앞만 보고 달리게 만드는 것처럼, 우리에게 주어진 운명이라는 숙제를 하기 위해서 때로는 변명이나 핑계보다는 말의 눈가리개를 우리의 마음에 붙이는 연습을 해야 합니다.

힘이 든다는 것은 다른 각도에서 찬찬히 살펴보면 노력한다는 뜻입니다. 만약 포기해버린다면 전혀 힘들지 않겠지요. 누구나 힘듦을 겪고 살고 있습니다.

'그저 묵묵히 버티며 살아가고 있는 것이죠.' 이 말이 우리 중년에게 말하는 정답일 수 있습니다.

중독된다는 것

　우리 나이 정도면 한두 가지씩에 중독되는 일이 있기 마련입니다. 흔히들 말하는 담배, 술과 같은 중독성이 있는 물질로 사람의 몸이 중독되는 일 이외에도 운동이나 다른 취미 활동에 심취되어 중독되는 사람들도 꽤 많이 있습니다.

　며칠 전 만난 지인은 골프를 하루에 4~5시간 이상 연습하고 필드에 매주 나가서 6개월 만에 게임에서 지지 않는다는 자신감까지 얻었다고 합니다. 하지만 그 6개월 동안 갈비뼈가 부러지는 등 여러 일들이 있었다고 합니다. 하지만 그런 것들은 그분의 안중에는 없었지요. 바로 실력이 향상되고 있다는 생각뿐이었다고 합니다.

　스스로는 비록 인식하지 못하더라도 사람들은 여러

중독 속에서 살고 있습니다. 저의 경우를 가만히 생각해보면 커피 중독인 듯 보입니다. 아침에 일어나 커피 한잔으로 시작하여 저녁까지 최소한 세 잔의 커피는 마시는 듯합니다. 물론 몸에 좋지 않다는 믹스커피는 한 잔도 안 마시려 노력합니다. 어떤 분들은 하루 열 잔도 마시는데 뭐 세 잔이 중독이냐고 할 수 있겠지만, 속이 좋지 않은 날에도 커피를 찾는 것을 보면 중독성이 있음을 확실히 느끼고 있습니다.

예전에 독일에 있을 때, 독일 BMW 직원들은 하루 몇 잔의 스타벅스 커피를 마시는가에 따라 그 사람의 경제력을 알 수 있다고 하더군요. 커피 값은 한 잔에 만 원 정도이고 다섯 잔 정도를 마신다고 합니다. 하루에 5만 원이면 한 달이면 커피 값만 해도 100만 원이나 됩니다. 물론 경제력의 차이일 수도 있겠지만, 그만큼 중독성이 있는 물질임은 확실합니다.

비록 저도 커피를 참 좋아하긴 합니다만 가끔 우리 학생들에게 커피는 편의점에서 1+1로 2000원에 마시고 남은 돈으로 책을 사보라고 말합니다. 책에 대하여 중독되는 것, 아니면 혼자 글쓰기를 통하여 스스로를 돌아보고 정화시키는 작업에 대한 중독, 이러한 모습들이 더 바람직하지 않을까 합니다.

중독된 것에서 쉽게 벗어날 수 있다면, 그런 것에는 중독이라는 말을 붙이지도 않았겠지만 우리 중년은 이런 중독에서도 쉽게 바람직한 모습으로 스스로 변화되길 응원하며 바래봅니다.

✦ 행복공식

지금 여러분의 중독은 무엇인지 책을 잠시 덮고 생각해보십시오. 바람직하지 못한 중독이라면 오늘부터 긍정적이고 행복한 중독으로 조금씩 생각을 바꾸어보는 것을 권해드립니다.

진정한 부자의 기준

사람들마다 생각하는 부자의 기준이 있습니다. 부(富), 즉 돈이 많은 사람을 뜻하지만, 사람들마다 기준이 달라서 명확히 정해진 것도 없습니다. 얼마 전 방송을 보니, 중산층은 부채 없이 자가 아파트를 소유하고, 중형차를 몰고, 일 년에 한 번 이상 해외여행을 갈 수 있는 사람들이라 말하고 있습니다. 그러나 어떤 이는 재산으로 부자를 구분하지 않고 학식으로 기준을 삼는 사람도 있습니다. 얼마나 그 사람이 많이 알고 있는가에 따라, 얼마나 많은 공부를 했느냐에 따라 부자라고들 말합니다. 그런 입장에서 보면 박사나 교수가 가장 부자인 경우에 속할 수 있습니다. 하지만 얼마 전 저희 학교 교수님 한 분이 우울증으로 자살을 하였습니다. 자세한 이유는 말하기 어렵지만, 돈과 관련된 일로 힘들어 극단적인 선택을 하였다고 들었습니다. 또 이렇게 보면 학식이 부자라는 말과는 다소 거리 있어 보이지요.

누군가 제게 부자의 기준을 물어본다면, "누군가와 식사를 했을 때 그 사람의 밥값까지 즐거운 마음으로 내어줄 수 있는 사람"이라 생각합니다.

각자 자신의 비용은 자신이 낸다는 더치페이의 문화가 익숙해져 있는 사회에서 다소 이해하기 어려울 수 있으나, 제가 생각하는 부자는 만난 사람과 메뉴판의 가격에 신경 쓰지 않고 함께 편하게 그 사람을 이해하고 공감하는 식사를 하고 밥값을 주저 없이 낼 수 있는 사람입니다.

얼마 전 배가 고파서 중국집에 잠시 들러 주문하고 음식을 기다리던 중, 어떤 할머니가 껌을 팔러 식당에 들어와 테이블을 돌고 있었습니다. 마침 점심시간이고 할머니의 모습이 너무 힘들어 보여 "할머니, 제가 껌 대신에 밥 사드리고 싶은데 괜찮으세요"라고 물어보았습니다. 할머니는 마치 새색시처럼 부끄러우신 듯 그냥 껌만 사달라고 하였으나 껌도 사드릴 테니 식사를 하고 가라는 저의 말에 못 이기는 척 하시며 저의 옆 테이블에서 식사를 하였습니다. 결국 저는 6천

원의 돈을 썼지만, 제가 6천 원의 돈으로 누릴 수 있는 가장 큰 행복을 느꼈고 부자의 마음을 가지게 되었습니다.

우리 중년은 행복한 부자가 되면 좋겠습니다. 저 역시 과거 앞만 보고 달리며 더 넓고 더 좋은 집과 차를 원하였지만, 이제 삶이란 영원하지 않다는 것을 분명히 압니다. 비록 충분하지 않은 하루라 하더라도 서로 돕고 웃는 진정한 부자가 되었으면 합니다.

✦ 행복공식

나눔은 행복의 또 다른 이름입니다.

진정한 유산

유산은 일반적으로 앞 세대가 물려준 재산이나 문화를 의미합니다. 그러나 보통 사람들은 유산을 통장이나 주식, 부동산만으로 인식하는 경우가 많습니다. 사회주의가 아닌 자본주의 시대에서 개인의 자산이 그 사람의 인격을 대변하는 경우가 많다고 하여 무시할 수는 없지만, 토끼 같은 자식들에게 재산만 물려주어서는 바른 부모라고 할 수 없습니다. 그것을 어떻게 관리하고 지킬 수 있는지에 대한 방법과 함께 전달하여야 합니다.

큰 공장을 운영하시던 아버지 덕분에 학창 시절부터 여러 모임에서 직책을 맡고 돈을 아낌없이 쓰던 친구가 있었습니다. 그 친구의 주위에는 항상 다른 친구들이 모여들었고, 성격이 원만하지 않았지만 친구들은 한마디도 싫은 내색을 하지 않고 편의를 다 봐 주었습니다. 하지만 얼마 전 갑작스러운 병으로 그 친구의 아버님이 돌아가셨고 그 친구는 공장을 얼마 운영하지 못하고 부도가 나게 되었습니다. 그 많은 재산과 평소 주변에 가득하던 친구들, 어느 하나도 진정으로 도움을 주지 못하였습니다. 결국 지금은 알코올 중독으로 요양원에서 세월을 보내고 있다고 합니다.

우리는 미래를 예측할 수도 없을뿐더러 누군가의 미래를 만들어줄 수도 없습니다. 다만 우리의 아이들이 다가오는 미래에 잘 적응할 수 있도록 능력과 환경을 만들어줄 뿐입니다.

우리 모두가 이미 잘 알고 있지만, 완전한 것은 세상 어디에도 없습니다. 다만 그 시대와 환경에 최대한 적합한 모습으로 살아갈 뿐이지요. 불행을 최소화시키는 것이 행복을 극대화시킨다는 의미인 것처럼요.

아이들 친구들이 매 방학이면 유럽여행을 가느니, 몇 달 동안 해외에서 단기유학을 한다는 이야기를 들을 때가 있습니다. 아이들이 저도 보내달라고 조를 때면, 늘 빡빡한 일정을 가진 부모로서 마음껏 못해주는 마음에 가슴 한 켠이 저려옵니다. 아이들에게 바쁘다는 말도 못하고 정말 어렵습니다.

궁리 끝에 '이가 없으면 잇몸'이라는 말이 있듯이 미군부대에 있는 미군친구에게 부탁하여 부대 안에서 식사를 부탁했습니다. 부대 안에는 당연히 모두 미국인들로만 가득하였고, 식당에도 다양한 머리색, 다양한 피부색의 미국인으로 만석이었습니다. 마치 미국에 온 듯한 기분으로 맛있게 식사를 했고 아이들도 마치 미국에 온 것 같다면서 즐거워하였습니다. 군 내 매점인 PX에 들러 사탕과 쿠기 한 봉지씩을 사주니 너무 좋아하며 돌아오는 길에 제게 함박 웃음을 선물해 주었습니다.

많은 부모님들이 자식의 교육을 위해 허리띠를 졸라매기도 하고, 무리한 대출까지 받아가면서 자녀들을 유학 보내기도 합니다. 하지만 자녀와 우리 중년 부모들의 진정한 행복을 위해서 무분별한 유학만이 최선의 선택은 아닐 것입니다.

비록 지금 줄 수 있는 것이 작고 소박한 것일지라도 부모로서 할 수 있는 일들을 생각해보면 방법은 있습니다. 각 도시마다 있는 잉글리쉬 오픈클래스도 있고, 교회나 성당에서 개설되는 무료 영어강좌도 있습니다.

진정한 유산 중 하나는 자녀가 원하는 것에 대하여 진지하게 생각하고, 그 일을 돈으로 해결할 수 없더라도 성취할 방법을 함께 고민하는 것이라 생각합니다. **이것이 하나의 행복이자, 미래를 위한 저축이 될 것입니다.**

✦ 행복공식

자녀의 진정한 행복이나 독립심까지 돈으로 살 수는 없습니다.

지금 행복하지 않으면

행복하세요?라고 물어보면 지금 행복하다고 대답하는 사람은 별로 없지만, 급한 것만 마치면, 또는 이것만 해결하면 행복할 것 같다는 조건부의 대답은 많습니다. 사람 욕심이 한정이 없기에 조건부로 대답하는 사람의 그 일도 해결이 되면 금방 행복할 것 같이 보이지만, 또 다른 조건부의 행복 전제를 가지게 됩니다. 그렇게 살다보면 인생은 다람쥐 쳇바퀴처럼 돌다가 끝나고 맙니다.

지금 행복하지 않으면 절대 내일 행복해질 수 없습니다. 비록 지금 힘들지라도 행복하고 감사하다는 마음을 싹틔워야만 내일 행복을 더 느낄 수 있습니다. 말이 쉽지 참 어렵다구요? 그렇습니다.

"지금 행복하라"

지난 한 주 열심히 일하고 금요일에는 회사 회식으로 인사불성이 되어 들어와 몸은 천근만근인데 아이들은 놀러가자고 성화고 어떻게 지금 행복을 느끼냐고 되물으실 수 있습니다. 하지만 일이, 직장이, 아이들이 없는 인생을 상상해보십시오. 지금의 행복을 실감하실 수 있지 않겠습니까?

지금 행복을 느끼지 못하고 앞만 보고 나간다면, 지금이 아닌 미래에 참다운 나의 행복이 있을 거라 막연하게 믿으며 살아간다면 저는 아마, "글쎄요, 잘 모르겠습니다"라고 답할 것 같습니다. 놀아달라고 성화하던 아이들은 이제 곧 엄마 아빠와 노는 것은 재미없다며 친구들과만 어울리기 시작할 테고, 그뿐만 아니라 시간이 지나면 많은 것들이 달라지겠지요. 미래에 있을 참다운 행복은 어떤 모습일까요? 구체적인 모습이 그려지십니까? 어쩌면 당신이 막연하게 기다리는 행복의 모습은 행복이라는 영화 속에 등장하는 사람들이 모두 퇴장하고 자신만 남아 있는 모습은 아닌가요.

저의 어머니께서 이런 말씀을 해주셨습니다.

"행복을 저축할 수 있다면 얼마나 좋겠니. 하지만 행복은 저축하는 것이 아니라 매일 사랑하는 사람들과 소중히 쓰는 거란다. 행복을 끊임없이 찾는다면 행복의 샘은 절대 마르지 않는단다."

행복은 감사한 마음으로 주위 사람들과 함께 쓰는 사람에게 늘 가까이 있습니다. 자신만의 행복을 영원히 감추어두고 혼자 가지려는 사람에게는 행복이 머물지 못할지 모릅니다. 나중에 행복의 문을 열어보면 행복이 아닌 고독이 자리 잡고 있을지 모르는 일입니다.

지금 행복해지길 기원합니다.

스스로에게 동기부여하는 상품을
추천하라

아직 철부지 아이 같은 마음이지만 한 가정을 책임지는 아버지가 된 지 어느새 십 년이 지났습니다. 십 년이라는 세월은 보통 어느 한 분야에서 전문가라는 소리를 들을 만한 시간이기도 하지요. 아버지의 이름으로 살면서 저는 어떤 모습일까 한번 생각을 해봅니다.

가만히 생각해보면 과거 70년대 보수적인 아버지의 모습도 아니고, 지금 신세대 아빠의 모습도 아닌 저만의 모습으로 아마 아이들의 눈에 비치겠지요. 하지만 십 년 전 아이에게서 아빠라는 말을 처음 들었을 때와 비교할 때 지금 한 가지 확실히 변화된 것이 있다면 그것은 바로 용기가 사라지고 있다는 것입니다. 즉 무엇을 시작하고자 하는 용기, 변화하려는 용기 말이죠.

행복은 늘 변화합니다. 시대에 따라 자신의 환경에 따라 말이지요. 그러나 우리는 변화하지 않고 변화되는 행복을 멀리서 바라보고만 있습니다. 변화되는 행복, 이 행복을 잡기 위해 우리가 해야 할 일은 여러 변화를 용기를 내어 즐기고 해 보는 것입니다.

요즘 주말 밤이면 해외여행 상품이 홈쇼핑을 통해 방송되고 있습니다. 그만큼 해외여행에 대한 수요가 많고 해외여행 가는 사람이 늘어나고 있다는 의미입니다. 친구 한 명은 일 년 후 출발예정인 가족여행 상품을 구매했습니다. 그리고 부부가 같이 영어공부를 시작하고 저녁에 영어 학원을 다니고 있습니다.

"가이드가 같이 가는 상품인데, 굳이 영어공부를 할 필요까지 있니?"
"그건 그렇지만, 그래도 이왕 가는 거 내가 직접 하면 좋고, 이번 기회에 영어공부할 동기부여도 되고 아이들 보기에도 좋고 다 좋은 거 아니겠어?"

그렇습니다. 이처럼 스스로에게 동기부여하고 변화하려는 용기는 절대적으로 필요합니다. 우리가 바라는 행복 역시 시대에 따라 변화되고 있으니까요.

마침 친구 한 명이 떠오르네요. 오랜만에 본 친구가 너무 날씬하고 혈색이 좋아 물어보니, "나 모델을 생각하고 있어, 아직 누가 불러주진 않지만, 노력하다 보면 반드시 될 거야." 이렇게 말하는 친구의 얼굴에는 행복한 미소가 번지고 있었고, 혼자라도 시작하는 용기가 참 멋졌습니다.

행복은 한 곳에 머무르는 대상이 아닙니다.

새로운 행복의 대상을 찾았다면 그 대상을 위하여 스스로 노력하고 그 과정에서 기쁨을 얻을 수 있습니다. 책이든 여행이든 아니면 사람이든 스스로를 자극하고 동기부여 할 수 있는 계기를 한번 만들어 보십시오.

✦ 행복공식

새로운 것을 시작하면 또 다른 새로운 행복이 시작됩니다.

흐르는 강물처럼

바람을 가둘 수 있는 그물이 있을까요? 흐르는 세월을 잡을 수 있는 그물은 있을까요?

바람이나 세월이나 그냥 흘러가는 것입니다.

오늘처럼 맑은 날, 창문을 열고 하늘을 한번 올려다 보십시오. 아무 생각 없이 한참을 보다 보면 구름이 흘러가는 것이 보입니다. 바람에 몸을 맡긴 구름은 부서지기도 하고 때로는 모이기도 하지요. 멀리서 보면 마치 솜사탕같이 모여 있는 구름을 더 자세히 보고 싶어서 비행기를 타고 하늘로 올라가 보았습니다.

그러나 하늘에서 내려다본 구름은 마치 사우나 안 수증기처럼 뿌연 연기뿐이었습니다.

세상은 구름과 같습니다. 멀리서 보면 여러 가지 일

들이 복잡하게 얽혀서 분명한 하나의 형태로 보이지만, 가까이 가 보면 그 실체는 없습니다. 그 보이지도 않는 실체를 자기만의 생각으로 해석하고 판단하기 위해 우리는 참으로 많은 시간을 보냈습니다.

너무 많은 정의와 자기만의 기준으로 세상을 살아가는 것은 행복과 멀어지는 한 가지 방법입니다.

로마에서는 로마법을 따르는 것처럼, 그냥 흐르는 강물처럼 때로는 흘려보내는 지혜도 필요합니다.

너무 많은 의식과 눈치에 쌓여 자신의 본질까지 덮어버리는 일은 하지 않았으면 합니다.

✦ 행복공식

행복은 두꺼운 백과사전에 있는 어려운 공식이 아니라 얇은 시집 한권으로도 마음 가득히 퍼지는 향과 같습니다.

운동 친구를 만들자

운동을 할 때 누구랑 같이하면 좋지만 혼자 하는 경우가 많습니다. 같이 시간을 맞추기도 어렵고, 수준이 맞지 않기 때문이기도 하지요. 저의 경우 몇 년 전부터 헬스를 하고 있습니다. 하지만 수년을 하여도 근육이 붙지도 않고 몸무게가 변화되지도 않습니다. 혼자 불규칙적인 시간에 마음대로 왔다가 한 시간 정도 운동하다가 돌아가는 경우가 태반이었습니다. 가끔은 전날 모임으로 피곤하다는 이유로 사우나만 하고 가는 일도 많고요.

하지만 헬스장에서 만난 분과 인사를 나누고, 같이 운동을 하면서부터 몸이 서서히 바뀌기 시작하였습니다. 몸에 유익한 정보를 들을 뿐 아니라, 웨이트를 할 때 보조를 해주어 한결 운동에 재미가 붙기 시작하였습니다.

근육이란 몸이 힘들어지기 시작할 때 붙는 것, 즉 근육이 조금씩 찢어지면서 커가는 것입니다. 그러나 전문가가 아닌 이상, 혼자 할 때 이 정도까지 하기는 쉽지 않습니다. 하기 싫어도 꾸준히 보조를 맞추어가면서 서로 함께 운동하는 시간은 힘든 운동을 즐겁게 만들어 줄 뿐 아니라, 몸의 변화에도 중요한 역할을 합니다.

50대의 왜소한 체격의 아저씨가 운동을 왔다가 잠시 혼자 하시다 가곤 하였습니다. 그 분을 본 지 약 1년이 넘었는데, 얼마 전부터 운동을 즐겨 하시는 분들과 친분을 쌓더니 어느 때부터인지 운동을 같이 하는 모습을 보았습니다. 그리고 6개월이 흐른 뒤, 그분은 예전보다 훨씬 더 활기차고 근육질의 모습으로 변화되었습니다. 단순히 친구를 만든 것뿐인데, 그분의 인상이 달라진 것입니다. 정말 신기하지 않나요?

친구를 만드는 법이 어렵다고 느끼신다구요?

간단합니다. 반가운 인사 한마디로 친구는 만들어집니다. 오늘 건네고 내일 건네는 인사에 누구나 쉽게 친구가 될 수 있습니다.

굳이 비싼 돈을 들여서 PT(personal training)를 하는 것보다 친구와 함께 운동하는 방법을 권하고 싶습니다. 행복은 지금 건네는 아름다운 인사에서 시작될 수 있습니다.

✦ 행복공식

운동 친구가 있으면 그 지속력은 두 배가 될 수 있습니다.

배움에 인색하면 빨리 늙는다

평생교육이라는 말이 요즘 들어 자주 들립니다. 교육이란 말은 흔히는 초등학교부터 시작하여 대학교를 졸업하면서 마친다고 생각하여 교육이라는 단어를 자연스럽게 싫어하는 하는 사람들도 있습니다. 그토록 공부했으면 되었지 또 무슨 공부냐고, 그 시간에 술한잔 더 하자는 친구들도 간혹 있지요.

하지만 인구가 줄어들어 초등학교 역시 줄어들고 있는 추세이지만, 오히려 성인교육은 늘어나고 있는 것이 사실입니다. 가까운 일본을 보더라도 노인교육 시장이 얼마나 활발한지 보면 그 흐름을 이해할 수 있습니다.

지난주부터 저는 주말에 두 가지 학원을 등록하였습니다. 하나는 글쓰기 과정이고 또 하나는 강사양성

과정입니다. 두 가지 모두 토요일에 강의가 있어 토요일은 아침부터 저녁까지 하루를 꼬박 투자해야 합니다. 토요일마다 만나던 모임에 몇 달간 못 간다고 말하니 친구들이 궁금해 합니다. 도대체 얼마나 재미있는 것을 배우기에 몇 년간 이어온 모임을 쉬는지 말이죠.

사실을 이야기한 후 친구들의 반응은 대체로 이렇습니다. "이미 몇 권의 책을 출간한 경험이 있는 사람이 가르치면 가르치지 돈을 주고 배운다는 것이 말이 되니?", "대학에서 학생을 가르친 교수가 그리고 특강이라면 몇 년간 한 네가 또 무슨 강사양성과정에 등록을 한다는 말이니?"라고 하며 의아해합니다.

이론적으로, 표면적으로만 본다면 맞는 말입니다. 하지만 최경주나 박세리처럼 세계적으로 인정받는 최고 중에 최고가 아직 되지 못하였다면 그 누구라도 더 많은 자극과 경험이 지속적으로 필요합니다.

하지만 많은 이들은 자신의 작은 성취에도 근자감(근거 없는 자신감)이 너무 큰 나머지, '지속적 성장을 위한 노력'이라는 중요한 부분을 놓치기도 합니다.

어릴 적 보던 영화에서처럼 무림에는 수많은 고수들이 숨어 있고 그들에게서 한 가지라도 더 배워서 나만의 것으로 만들어나가는 노력과 연습은 언제까지나 반드시 필요하다 생각합니다.

클리셰

보기만 해도 맘이 편해서 아무 말이 필요 없는 친구를 만났을 때라면 상관없겠지만 만날 때마다 늘 똑같은 이야기만 하는 사람이 있다면 조금은 지루할 것입니다. 유명한 배우들을 섭외한 드라마라도 삼각관계, 출생의 비밀, 주인공들만 모르는 척할 뿐 범인이 누군지 이미 예상하고도 남을 스토리라면 금세 관심이 사라지고 채널을 돌리려 리모컨을 찾게 되는 것과 같습니다. 너무 뻔한 것들, 뻔하게 예상되는 것들을 우리는 클리셰라 부릅니다. 어느새 그것들은 진부한 것으로 취급되기도 합니다.

일상이란 것이 판에 박힌 것이긴 하나 오늘 하루 어땠냐는 질문에 남편은 '아침에 회사 갔다가 일하고 왔지' 하고, 같은 질문에 아내는 '종일 집안일에 가족

챙기고 바빴지' 하는 답이 전부라면 건조하고 메마른 기운만 돌게 되는 것도 순식간일 것입니다. 그러다 보면 배우자의 "이것 좀…" 혹은 "이건 왜…" 소리만 들어도 뒤에 나올 말이 무엇인지 짐작하게 되는 이른바 잔소리의 출몰을 직감하고 이미 나쁜 기분이 불어옵니다.

상대방의 클리셰에 우린 부정적인 결론을 내려놓고 마주하고 싶지 않은 마음을 애써 숨겨야합니다.

그런데 나의 모습은 어떨까요. 나는 클리셰가 없는 사람일까요.

유행이란 것이 한참 머무르듯 하다가도 언제 그랬냐는 듯 또 다른 유행이 생기듯이, 그 어떤 것도 클리셰가 되어버릴 수 있다고 생각한다면 늘 같은 일만 기계적으로 하고(그것이 프로페셔널의 이름을 갖고 있다고 하더라도) 새로운 배움이 없는 삶은 우리 스스로를 소위 말하는 구세대, 기성세대, 노친네로 만들어 버리는 수순입니다.

배움은 우리 뇌를 젊게 만들고 보다 사교적이며 보다 유쾌한 사람으로 만들어 줄 수 있습니다.

매일 아침 지저귀던 새소리도 어느 날부터는 교향곡 한 소절에 흐르는 피콜로 연주처럼 들리게 할 수도 있습니다.

팔자 주름은 팔자가 아니다

행복하려면 먼저 자신감이 있어야 합니다. 그 이면에는 자존감의 존재가 더 깊이 자리 잡고 있다고 해도 과언이 아니지요. 자신감과 자존감, 이 둘은 서로 떼어놓고는 존재하기도 설명하기도 힘들만큼 상호 관련성이 큽니다.

자존감이 높은 사람의 행동은 남들과 확연히 다르며, 처음 볼 때 얼굴에서부터 차이가 납니다.

자신감 있는 얼굴에서 흐르는 빛은 남다릅니다. 주위에 소위 벤츠 S클래스 정도의 차를 타는 사장님들의 얼굴을 바라보면 얼굴에 참기름을 바른 듯이 광이납니다. 처음에는 시간과 돈이 많으니 피부 관리를 받으려니 생각을 하였습니다. 하지만 그들이 돈은 많을지언정 피부관리숍에 갈 만큼 시간이 많은 분들은 아니었습니다.

피부, 특히 얼굴에서 나오는 광채는 크게 두 가지 이유에서 생성되는 것 같습니다. 첫째 내면에서 우러나오는 자신감과 둘째 꾸준한 자기 관리입니다. 어렵게 생각하지 말고 쉽게 생각해 보겠습니다. 내면에서 우러나오는 자신감과 자존감은 하루 아침에 생기기 어렵습니다.

어느 모임에 참석한 후, 다른 사람이 쓴 후기 글을 보다 같이 올라온 사진에 있는 저를 보았습니다. 열 장 정도 올린 사진 중에 저의 얼굴을 서너 장 발견하였습니다. 근데 하나 같이 웃는 얼굴이 아닌 심각한 얼굴에 눈을 감고 찍은 모습이었습니다. 어떻게 눈 감을 때만 찍은 건지 피식 웃어보며 다시 한번 들여다봅니다. 그 사람이 눈 감고 심각할 때만 찍은 것이 아니라 평소 남들 앞에서 말할 때 나도 모르게 나의 표정이 그런 것이 아닌가 하며 거울을 봅니다.

어느새 팔자주름이 제 얼굴에 자리를 잡고 있고 있었습니다. 작년 한해 정말 거울 볼 여유조차 없이 세월에 쫓기며 방치한 것이 그대로 드러난 얼굴이어서 거친 피부와 주름이 그야말로 중년이라고 나도 이제 어른이라고 자랑하듯이 얼굴에 그려져 있습니다. 이제 나이 마흔 중반, 아직 인생의 반도 못 살았다고 생각하는데 이 상태 같으면 아이들 시집, 장가보낼 때

즈음이면 어느새 호호할아버지가 될지도 모른다는 생각이 불현듯 듭니다.

그래서 오늘부터 피부에 신경을 쓰려고 궁리한 끝에 팩을 만들어 붙여 봅니다.

'피부에 양보하세요'라는 광고 문구처럼 냉장고를 열어 우유 한 스푼에 꿀과 밀가루를 넣어 얼굴에 바르고 20분 정도 기다려 봅니다. 결혼 전 어머니께서 누워보라 하시며 해주시던 것이 떠올라 가만히 생각해보니 얼굴에 팩을 직접 올리기는 참 오랜만인 것 같습니다. 피부야 그렇다 치더라도 주름은 또 고민입니다. 내친 김에 서울에 사는 여동생에게 전화를 걸어 상담을 해 봅니다. 언제 한번 올라오라는 대답에 희망을 갖고 혼자 웃음을 지어봅니다.

보름 내에 자존감을 높이는 재미난 방법 하나를 알려드리겠습니다. 바로 꾸준한 피부 관리 요령입니다. 매일 아침 일어나 깨끗하게 세안을 하고 난 후, 집에 있는 꿀 한 스푼, 밀가루 한 스푼, 우유 몇 방울만 있으면 팩을 할 수 있습니다. 굳이 백화점에 가서 비싼 팩을 살 필요 없이 직접 천연 팩을 만들어 사용하는 것입니다. 에이, 뭐 남자가 그런 것을 하는가라고 생각할 필요 없습니다. 여성분들이라면 하던 것에 조금의 노력만 더하면 됩니다.

저는 피부가 약해서 가끔은 시중에 파는 팩에서 트러블이 일어나고 별 효과를 못 보는 경우가 있습니다. 그러나 이러한 천연팩 사용 보름만에 얼굴에서 광이 나고, 자연스럽게 나를 조금 더 바라보고 사랑하게 되는 계기가 되었습니다. 거울을 보는 횟수가 많아지고, 보다 나를 더 생각하게 된 것이지요. 덕분에 아내도 옆에서 같이 피부 관리를 하여 아침이면 잠에서 깬 아이들이 엄마 아빠를 보며 외계인 같다며 웃곤 합니다.

중년이 청년으로 탈바꿈하는 그날을 기다려보며 내일도 모레도 매일매일, 일일 일팩을 할 요량입니다. 아름다운 우리의 꽃중년을 위하여!

✦ 행복공식

간단한 습관 하나로 젊어질 수 있다면, 집나간 자존감이 돌아올 수도 있습니다.

눈을 감고 나의 자서전을 읽어보자

자, 제가 시키는 대로 한번 해보세요. 먼저 조용한 곳에 자리를 잡고 핸드폰은 잠시 꺼둡니다. 아무런 소음이나 방해를 받지 않는 곳에서 눈을 조용히 감습니다. 그리고 텔레비전에서 본 최면치료를 하는 듯이 자신의 미래를 다녀와 봅시다.

이미 여러분은 팔십을 넘어 구순을 바라보는 나이가 되었습니다. 그리고 과거를 회상하고 있습니다. 기어 다니면서 엄마와 아빠의 미소 속에서 해맑게 웃는 모습이 그려집니다. 그리고 초등학교 입학식, 가슴에 흰 손수건을 달고 다소 촌스러운 표정으로 운동장에 서있는 모습, 반항기가 가득했던 질풍노도의 중고등학교를 거쳐, 첫사랑이란 것도 해보고, 최루탄에 눈물 흘리던 어느 여름날의 기억도 지나갑니다. 그리고 사랑하는 사람과의 결혼, 태어난 소중한 아이들과 함께 보내는 행복한 시간들, 취업과 몇 번의 퇴사, 그리고 쓰디 쓴 인생의 몇 가지 경험을 거쳐 기억은 지금 현재 당신의 나이에 있습니다.

인생을 되돌아보는 팔순에게는 지금 이 나이가 다시 돌아가고픈 간절한 날로 보일 수 있습니다. 하지만 기억은 그렇게 잠시 머물렀다 환갑의 당신을 보고 있습니다. 정확하게는 아니라도 어렴풋하게 보입니다. 그 모습이 어떤가요? 당신이 원하는 그러한 평온한 모습인지, 아니면 힘들어 하는 모습인지 저는 알지 못하지만 여러분 본인은 아마 어렴풋이 보실 수 있을 것입니다.

제가 어떻게 알 수 있냐고요. 답은 의외로 간단합니다. 지금 여러분이 생활하는 패턴과 항상 꿈꾸고 바라는 모습은 바로 미래, 구순의 당신의 모습입니다.
하지만 혹시라도 마음에 그려지는 모습이 자신의 기대에 미치지 못한다면, 우리는 지금부터라도 삶에 대한 태도를 고치고 바꾸려 노력해야 합니다. 그리고 바꿀 수 있습니다. 그것은 신이 내일이라는 시간을 가진 우리에게 준 하나의 선물입니다.

"미래는 우리가 바꿀 수 있는 것이다!" 이 야심찬 외침은 젊은 시절의 호기에 그치는 것이 아니라 지금까지의 많은 경험과 그로 인한 노하우로서 만족스러운 미래에 장엄하게 우리의 아이들에게 말할 수 있어야 합니다.

행복은 먼저 나누어야 배가 된다

행복은 먼저 나눌수록 배가 되어 돌아온다는 말이 있습니다. 누군가에게 먼저 선행을 베풀고 기쁜 감정에 스스로가 행복해지고, 상대방도 감사하여 얼마 지나지 않아 보답하면 더 행복이 느껴집니다. 그리고 그 사람과의 만남을 통하여 더욱 가까운 사이가 되어 좋은 관계가 이루어지게 됩니다.

운동을 하고 저녁 미팅을 앞두고 있었으나, 식사할 시간이 20분밖에 남질 않았습니다. 약속장소까지 거리는 멀지 않으나 늦을 수도 있고, 식당에 들어가면 주문이 밀려 밥을 너무 급하게 먹을 수도 있다는 생각이 듭니다. 마침 약속장소 바로 옆에 있는 막창 집이 보였습니다.

6시, 아직 술손님을 받기에는 이른 시간이었지만,

주인은 손님을 맞을 준비를 어느새 마친 듯 보였습니다. 평소 주인과 눈인사는 자주 하였지만, 한 달에 한두 번 정도 가는 곳이라 약간 미안하긴 하였지만, 웃으면서 식당 안으로 들어가 봅니다.

"사장님, 여기 된장이 맛있어서 그러는데, 메뉴에는 없지만 혹시 정식이 주문되나요?"

사장님은 "아니요, 메뉴에 없고, 지금 우리는 술집이라 밥에 반찬은 된장밖에 없는데요"라고 말하며 머리를 긁적였습니다. 메뉴에 보니 정말 된장찌개 천원, 공기밥 천원이라고 적혀 있었습니다. 그야말로 술손님이 주문했을 경우의 금액인 것입니다. 그래도 이미 식당에 들어선 터라 "사장님 괜찮으시면 저는 밥과 된장만 있으면 됩니다."라고 말씀드렸더니, 식당 주인은 제게 찬이 너무 없어도 되겠냐면서 자리를 안내하였고 얼마 지나지 않아 갓 지어 김이 모락모락 피어나는 밥과 보글보글 맛있게 끓여진 된장찌개가 나왔습니다.

친절한 사장님 덕분에 약속시간에도 늦지 않게 밥을 여유롭게 먹은 후, 사장님께 2천 원을 드릴 수는 없어서 5천 원을 건네며 잘 먹었다고 말하였으나, "오늘 첫손님이니 안 받을 수는 없고 천 원만 주세요"라 웃으며 말하였습니다. 몇 차례 받으시라 말하였으나 찬도 부족했는데 오히려 미안하다며 손사래를 치셔서 어쩔 수 없이 식당을 나오게 되었지만 그 식당을 나올 때 그 사장님의 따스한 마음에 저녁식사가 어떤 고급 음식점보다 더 맛있게 느껴지고 행복하였습니다.

행복은 이처럼 먼저 누구에게 베풀 때 생기는 감정입니다. 나이가 들수록 중년의 여유를 진정으로 즐기려면 작은 마음이라도 누구에게 나눌 수 있어야 합니다. 바라지 않는 베풂, 앞뒤를 계산하지 않은 선한 마음은 우리를 먼저 행복하게 합니다.

책은 쉽고 여운이 남는 책으로 고르자

서점에 가면 날마다 많은 책들이 나옵니다. 수필, 소설, 자기계발 등 하루에도 수백 권의 신간들이 쏟아져 나오는데 그중에서 어떤 책을 고를지 어려울 때가 간혹 있습니다. 그래서 우리는 흔히들 베스트셀러라 광고하는 책들을 선택하는 경우가 많습니다.

하지만 그런 책들이 일반적으로 대중의 사랑을 받는 책이라고 해서 모두에게 좋다고는 생각하지 않습니다. 각자의 얼굴이 모두 다르듯이 책을 읽고 느끼는 감정도 각기 다를 것이기 때문입니다. 저는 베스트셀러라고 평대에 진열된 책보다는 다소 시간이 지난 책이라도 서가에 꽂혀 있는 책을 고르는 경우가 많습니다.

책은 작가의 눈을 통하여 세상을 바라본 글입니다. 새로운 과학이나 의학 이론이 아닌 다음에야 주제는 거의 비슷할 수 있습니다. 어머니에 대하여 쓴 글은 30년 전 출간되어 나온 책이나 어제 출간된 책이나 주제는 같습니다. 다만 그 작가들의 어머니는 다를 것이고, 그 어머니와 작가가 살았던 시대와 장소가 다르기에 세상을 바라보는 각도가 달라진 책의 느낌도 다른 것이죠.

그렇다면 과연 우리는 어떤 책을 읽으면 좋을까요? 이 질문은 독서모임에 가면 가끔씩 받는 질문입니다. 저는 이렇게 생각합니다. 좋은 책이란 어렵지 않고 쉽게 읽히는 책, 우리 문화를 이해할 수 있는 정도의, 중학생이 읽어도 쉽게 이해되는 책이 좋은 책이라고요. 하지만 쉽게 읽히면서도 읽고 난 후에 아무것도 얻는 것이 없으면 그것은 의미 없는 일이겠지요. 그렇기 때문에 좋은 책이란 쉬우면서도 독자에게 마음의 여운을 남겨줄 숙제를 남기는 책이라고 정의할 수 있습니다.

어머니라는 책을 읽고 이 시대의 어머니의 모습과 그들의 애환을 이해하며, 책을 덮었을 때 나의 어머니와 어머니로서의 삶은 어떠한가라는 생각을 들게 한다면 그 책은 분명 좋은 책일 것입니다.

책 고르는 것은 어렵지 않고 즐거운 작업입니다. 일단 서점의 서가를 서성이면서 보물찾기하듯 살피기 시작하면 됩니다.

자신에게 생각이라는 숙제를 줄 수 있는 책 고르기,
생각만 해도 행복하지 않으십니까?

✦ 행복공식

내일의 행복은 오늘 서점에서 찾을 수도 있습니다.

친구 사귀기는 어렵지만 가능하다

선선한 바람이 불어옵니다. 나도 모르게 콧노래를 부르며 아파트 밖을 걸어 봅니다. 내 귀를 스쳐가는 바람이 포근하게 느껴지는 저녁, 근처 공원까지 발걸음을 옮겨봅니다. 많은 사람들이 귀에 이어폰을 꼽고 열심히 걷고 있는가 하면 또 다른 쪽에서는 열심히 배드민턴을 치고 있습니다. 물론 혼자 온 사람도 있겠지만, 친구와 함께 온 사람들이 많아 보입니다.

지나가는 꼬마가 다른 꼬마의 손을 잡고 걸어가며 목청껏 노래를 부릅니다. 초등학교 입학 전으로 보이는 꼬맹이들이라 부끄러운 것도 없이, 유치원에서 배운 노래를 같이 부르는 듯 보입니다. "우리는 친구, 세상에서 제일 친한 친구…" 이 노래를 듣고 있으니 친구에 대하여 생각을 하게 됩니다.

과연 친구는 무엇인가요? 지금껏 살아가며 진지하게 친구에 대하여 생각한 적이 없었던 것 같습니다. 어릴 적에는 그냥 알기만 해도 친구라 불렀습니다. 하지만 나이가 들어가며 친구라는 호칭을 붙이는 데 신경이 쓰이고 친구라고 부르는 사람이 점점 없어집니다. 김 사장, 박 선생님, 이 부장님… 같은 회사에 근무하지 않아도, 그분의 학교에서 공부를 하지 않았음에도 보통 직책을 부르는 경우가 많습니다.

그 이유는 무엇일까요? 함부로 친구라는 호칭을 주기에는 아직 정서적 거리가 멀다는 의미이겠지요. 아무리 자주 만나 시간을 보내고, 함께 술을 마시고 운동을 하여도 학창시절 친구처럼 막역하게 지내기는 참 어려운 일입니다. 그렇다고 다시 초등학교로 돌아가 많은 친구를 만들 수도 없기에 친구의 수는 이미 제한적일 수밖에 없습니다.

하지만 우리가 좀 더 너그러워지고 베푸는 마음이 크다면 다소 시간은 걸리겠지만 친구 사귀기는 충분히 가능한 일입니다. 여러분이 친구를 만들고 싶어 하듯이 상대방 역시 자신과 맞는 사람과 친구가 되고 싶어 할 테니까요. 우리는 보통 친한 친구끼리는 궁합이 잘 맞는다는 말을 쓰곤 합니다. 궁합이 잘 맞는다는 말을 영어로는 "We have a right chemistry"라고 합니다. 즉 화학적 성분이 같다는 말입니다.

화학적인 성분이 잘 맞는 사람을 친구로 만들기 위해서는요. 먼저 여러분이 가지고 있는 성분을 밖으로 표현하고 함께 하길 원하는 것을 표현하는 것이 가장 빠른 방법이 아닐까 합니다.

표현하지 않는 사랑은 사랑이 아니라는 말이 있는 것처럼, 표현하지 않고 다른 이들이 우리의 색을 알고 가까이 다가오는 것은 상당히 어려운 일일 테니까요.

✦ 행복공식

자신을 진심으로 표현하면 어제의 지인이 친구라는 이름으로 바뀔 수도 있습니다.

거울 속 뒷모습을 보다

엘리베이터를 탔습니다. 매일 타는 엘리베이터이지만 그 안에 몇 개의 거울이 있었는지 지금까지 모르고 지나쳤나 봅니다. 정면을 제외한 3면이 거울로 되어 있었습니다. 아침 출근할 때 옷에 묻은 것이 없는지, 자세는 바른지 보라고 친절하게 3면 모두 거울로 된지는 몰라도 오늘 처음으로 3면이 거울임을 알았습니다.

10층에서 잠시 멈춰 선 엘리베이터에 고등학생으로 보이는 남학생과 여학생이 탔습니다. 내려가는 내내 거울을 보며 무어라 중얼거립니다. 옷이 마음에 들지 않는지, 어제 손질한 머리가 이상한지 사뭇 머리를 만지작거립니다. 저도 가만히 서 있기가 그래서 거울을 들여다봅니다. 이런, 저의 뒤통수 너무나 잘 보입니다. 20층에서 먼저 탄 아저씨의 뒤통수도 슬쩍 보았습니다. 뒤통수에 머리카락이 없습니다. 원형탈모인가 봅니다. 저도 눈길을 돌려 저의 뒤통수를 살펴봅니다. '망했다. 내 뒤통수의 머리카락도 부족한 것 같다. 내 나이 아직 마흔 중반인데, 벌써… 아직 할 일도 많은데' 원형탈모가 마치 무슨 선고를 받은 것마냥 가슴이 철렁 내려앉았습니다.

1층까지 내려온 엘리베이터에서 내리지 못하고 거울을 계속 봅니다. 손을 올려 머리를 만져보니 제가 잘못 본 모양입니다. 탈모가 아니었습니다. '그럼 그렇지, 가족 중에 탈모도 없고 여태 늘 머리숱이 많았는데'하며 한숨을 돌립니다. 미처 내리지 못한 엘리베이터는 저를 다시 꼭대기 층까지 올려다 주었습니다.

오늘 평소에 느껴보지 못했던 한 가지를 거울을 통해 배웠습니다. 젊음은 영원하지 않고 정말 하고자 할 때 이미 너무 늦어 할 수 없을 수도 있다는 것을 말이지요.

하루하루 바쁘게 흘러가는 세월 속에서 우리가 미루어 온 것들이 있다면 한 번쯤 생각해 보고 그것들을 지금이라도 한번 해보는 시도가 필요한 때인 듯합니다.

그것이 무엇이 되었든지 이 글을 읽고 난 후 바로 한번 시도해보세요. 어쩌면 생각과 달리 이미 힘에 부치는 일이 되었을지도 모릅니다.

5장

나는 행복을 선택했다

내 행복은 내가 지킨다

우리가 힘들다고 하는 것의 대부분 인간관계에서 비롯되는 경우입니다. 가만히 생각해 보세요. 직장 상사 때문에 힘들어서 술 마시고, 마음에 들지 않는 동료 때문에 이직을 생각하고 모임에서 나를 보면 뒷 담화를 하는 친구 때문에 괜히 이상한 사람이 되는 것 같아 더 이상 그 모임을 가지 않게 됩니다.

그렇다면 우리의 행복의 대부분은 타인에 의해 좌우되는 듯합니다. 주위에 항상 내 가족과 같은 사람만 있다면 얼마나 행복할까요? 하지만 가족은 늘 나를 이해해주고 사랑해 주지만, 가족은 새로움이라는 감정은 없기에 우리는 늘 새로운 사람들을 본능적으로 찾아 나서는 듯합니다.

얼마 전 친구 한 명은 한 모임에서 리더를 맡게 되었습니다. 그러나 그 모임은 기존 터줏대감 의식이 강한 몇몇의 멤버들 때문인지 소통이 잘 되지 않았고 힘들어하던 친구는 얼마 후 리더를 그만 두었습니다. 결국 시간이 지날수록 자신의 평판만 나빠질 테고, 무엇보다 스스로 행복하지 않다는 생각이 들었던 것이죠.

우리는 그럼 어떻게 해야 우리의 행복을 지킬 수 있을까요? 먼저 간단히 말씀을 드리면, 다른 사람들에게 자신의 행복을 의지하지 말고 스스로 우리의 행복을 지키고 키워나가는 법을 알아야 합니다.

제가 지금까지 보고 느껴온 행복유지법을 간단히 알려 드리겠습니다.

첫째, 너무 많은 기대를 하지 않아야 합니다. 자신이 잘해주고 난 후, 돌아올 보답이 기대치에 못 미칠 때 우리의 행복수치는 낮아집니다. 타고난 성격이 다르기 때문에 고마움을 알아도 표현하지 않는 사람도 있을 수 있고, 정말 이기적이라 받기만을 좋아하는 사람도 있기 마련입니다. 이럴 때마다 우리가 우리의 행복을 다른 사람의 피드백에 의존하는 것은 상당히 위험한 일입니다.

둘째, 그럴 때도 있다고 생각하면 됩니다. 사람 때문에 힘들면, '아 살다 보면 이럴 때도 있지'라고 넘겨 버려야 합니다. 가끔 정말 하루 종일 하는 일마다 꼬이고 힘들 때 있어보셨지요? 그때 어떻게 하시나요? 모두 다 그만두고 그냥 낮술이라도 마시고 싶을 충동을 느낄 수도 있을 것 같습니다. 하지만 술보다 '아, 그럴 때도 있지' '아, 그럴 때도 있어야지 뭐'라고 생각하십시오, 늘 좋을 수만은 없다고 넘겨보십시오.

셋째, 모든 것을 처음부터 완벽하게 다시 시작하려는 욕심을 버리십시오, 이미 지나간 것은 지나간 것이고 돌릴 수 없습니다. 사람의 관계는 더욱 더 그러합니다. 그러기에 이미 벌어진 일에 대하여 후회하면서 '처음부터 다시 제대로!'라는 생각보다는 '이제부터!'라는 생각을 해야 합니다. 어제 실수한 것이 있다면 정중히 사과로 끝내고 앞으로의 좋은 관계를 꾸려나가도록 해야 합니다.

넷째, 절대 자신과 안 맞는 사람이 있다는 것을 알아야 합니다. 정말 양보하고 이해하려고 노력해도 좀처럼 맞지 않는 사람들이 있습니다. 신기할 정도로 모든 일이 꼬이고, 잘 되는 듯하다가 망가지는 경우, 한 두 번씩 있을 겁니다. 그럼 과감하게 그 사람을 버리십시오. 자신과 어울리는 사람은 무엇을 해도 편하고 이해해줍니다. 집에 있는 쓰레기통만 비울 것이 아니라 인간관계도 반드시 정리가 필요합니다.

사람 때문에 힘들어하지 말고 자신을 사랑하는 법을 생각하고 행복해 보십시오.

이 세상 모든 사람이 배신할 수는 있어도, 자신은 절대 자신을 배신하지 않습니다.

세상에서 가장 행복한 사람은 누구인가?

세상에서 가장 행복한 사람은 누구일까요? 바로 자신을 무조건 믿어주는 사람이 있는 사람입니다. 어떠한 일이 있어도 당신 곁에서 떠나지 않고 함께 고민하고 이야기를 들어줄 수 있는 사람이지요. 솔직히 말해 이런 사람이 과연 세상에 몇이나 있겠습니까? 형제, 자매도 결혼해서 따로 각자의 삶이 생기면 쉽게 그렇지 못하죠. 결국은 그런 분이 있다면 바로 부모님일 것입니다. 그렇기에 몇 해 전 외할머니가 돌아가셨을 때 삼촌이 그렇게 슬프게 우셨는가 봅니다. "이제 이 세상에 내 편이 없다"하시면서 어린 아이처럼요.

어떤 문제에 부딪혔을 때 핸드폰을 열어 바로 전화할 수 있는 사람이 있는가요? 그렇다면 당신은 행복한 사람입니다. 보통 자신의 이미지가 추락하거나 오히려 말한 후에 거리가 멀어질까봐 겁이 나서 못하는 경우도 참 많습니다.

정말 좋은 사람이란 객관적으로 문제를 보는 것보다, 늪에 빠진 당신에게 따뜻한 어깨를 빌려주고 가슴 속 맺힌 눈물을 흘리도록 만드는 사람입니다. 좋은 사람이나 좋은 친구는 재판관이 아닙니다. 네 잘못이라고 나무라거나 객관적으로 너는 이게 문제였다고 말하는 것은 바르지 않습니다.

여러분이 이 글을 읽는 지금 이 순간에도 저를 포함한 많은 사람들이 크고 작은 걱정과 고민을 가지고 있습니다. 그 고민들이 큰 무게로 여러분에게 다가갈 때, 우리는 우울하거나 많은 상처로 닫힌 사고나 부정적인 생각을 합니다. 하지만 그때 정말 아무런 이해관계 없이 자신과 함께 해주는 사람이 있다면 정말 행복한 것입니다.

여러분의 주위를 한번 살펴보면 주위에 많은 친구들이 힘들어 하는 경우를 볼 수 있습니다. 그들이 힘들어 할 때, 그냥 옆에서 그의 이야기만이라도 들어주고 무조건적인 편이 되어 줄 수 있다면 그 친구는 그 늪에서 벗어날 수 있고, 여러분이 힘이 들 때 곁에서 어깨를 빌려줄 수 있습니다.

　다시 한번 강조하지만, 일의 옳고 그름은 본인이 너무나 잘 알고 있습니다. 해결하기 위한 방법도 보통은 본인들이 잘 알고 있지요. 하지만 시련이란 이름이 누군가에게 찾아왔을 때 필요한 건 진정으로 응원하고 들어줄 수 있는 사람이 되어주는 것입니다. 그런 사람이 있는 사람이면 참 좋은 삶을 살고 있는 것이겠지요. 무조건 내 편이 있는 사람은 아주 행복한 사람입니다.

소명의식

자신이 하는 일을 천직으로 알고 일하는 사람들이 있습니다. 이런 사람들의 특징은 아무리 일이 고되고 힘들어도 묵묵히 일합니다. 남들이 기피하는 3D업종의 사람들이 방송에 나와 본인의 일은 천직이라 소명의식을 가지고 일하기 때문에 주말에도 나와서 일하고, 이 일로 다른 사람들이 편할 것을 생각하면 행복하다라는 말을 하기도 합니다.

300도가 넘는 대장간에서 일하시는 분의 땀방울이 마치 샤워한 것처럼 흘러 내리고 손바닥의 굳은살은 마치 소나무 껍질같이 보였지만 그분의 말씀은 솜사탕처럼 부드럽게만 느껴졌습니다.

지방에 강의나 여행을 갈 때 찾는 중국집이 있습니

다. 자주 가지는 못하였지만, 얼마 전 가보니 역시 직접 밀가루 반죽을 하시는 사장님의 팔이 곧 떨어질 것처럼 보일 정도로 열심히 손으로 면을 뽑고 계셨습니다. 음식을 맛있게 먹고 나오는 길, 얼마 전 나온 저의 책을 드리며 잠시 인사를 하였습니다. 요즘 기계로 다뽑는데 굳이 손으로 뽑으면 너무 힘들지 않느냐는 저의 질문에 "손으로 뽑을 때 물론 팔 아프지요. 집에가면 늘 파스를 붙이고 자고 다음 날이면 또 면을 뽑습니다. 하지만 저는 면을 뽑을 때 행복합니다. 왜냐하면 사람들이 맛있게 먹는 모습이 생각나고 그때 제일에 보람을 느끼기 때문입니다."

많은 사람들이 경제적 수입을 얻기 위하여 일을 합니다. 하지만 어떤 생각을 가지고 일하느냐에 따라 결과, 즉 우리가 느끼는 맛이나 멋은 확연히 다릅니다.

어제 고용노동부에 강연을 다녀왔습니다. 처음에는 추천으로 가서 강의를 하였으나 반응이 좋아 매달 고정적으로 해달라는 감사한 부탁에 기쁜 마음으로 갑니다. 거리가 멀어서 강의 시간보다 이동시간이 더 많이 들고, 이동비용과 식대를 생각하면 경제적으로는 이득이 없습니다. 하지만 저는 이 강의가 다른 강의보다 더 애착이 갑니다. 왜냐하면 강연을 듣는 대상이

'실업급여'를 받으시는 분들이기 때문입니다.

처음 강의 의뢰를 받고 그 분위기를 보고자 다른 분의 강연일자에 가서 한번 들어보았습니다. 강사는 나름 노련하게 강의를 하고 최선을 다하였으나, 듣는 사람들의 반응이 그저 그랬습니다. 그래서 물어보니, "실업급여를 받으려면 반드시 와서 들어야하기 때문에 듣는 것이지 그리 재미는 없다"라고 하였습니다.

이 사실을 알고 저는 강의를 최대한 재미있게 하려고 지금까지 제가 가지고 있던 약간의 진지한 분위기를 지우고 사람들과 함께 느낄 수 있는 토크쇼 형태로 함께 유도할 수 있는 강연을 준비하고 진행했습니다. 회차가 거듭될수록 사람들이 점점 더 마음을 열고 할 수 있다는 도전의식과 행복한 눈빛이 보였습니다. 강의를 마칠 때마다 몇 분씩은 오셔서 감사하다는 말과 함께 다음에 실업급여를 받지 않아도 꼭 와서 듣고 싶다면서 다음 강의 일자를 묻고 가시는 분도 계셨습니다.

강의는 혼자 하는 것이 아니라 함께 느끼도록 하는 것이 가장 좋은 강의인 듯합니다. 강연자가 나와서 자기 자랑 반, 설교 반으로 끝나는 강의가 아니라 정말 앞에 나온 사람이 강연자로 여기까지 나올 수 있었던 여러 경험을 솔직한 언어로 같이 공감할 때 강의는 좋은 시간이 됩니다. 중국집 사장님처럼 저도 사람들의 변화하고자 하는 눈빛이 보일 때 말할 수 없는 기쁨과 행복을 느낍니다. 나의 언어로 다른 분들의 삶에 도움이 된다는 사실이 다른 어떤 것과 바꿔 생각할 수 없는 기쁨을 줍니다.

무슨 일을 하든 자신의 일에 의미를 부여하고 다른 사람이 진정으로 그 의미의 뜻을 이해할 때 오늘 우리가 하는 일이 비록 힘들지라도, 내일 더 행복한 삶이 될 것이라 생각합니다.

✦ 행복공식

오늘 내가 하고 있는 일에 대하여 감사하며 의미를 부여하는 시간을 가져봅시다.

선풍기를 고정하면 선풍기의 감사함을 모른다

1994년 여름을 기억하시나요? 그해 여름은 참으로 무더웠습니다. 아스팔트 위에 달걀을 올려놓으면 바로 익을 정도로 무척 더웠던 기록적인 해였습니다. 94년을 기억하는 특별한 이유는 제가 국방의 의무를 다하기 위해 군대를 갔던 해이기도 하기 때문입니다. 가만히 있어도 더운 여름, 훈련으로 하루 1리터 정도의 땀을 쏟았던 것 같습니다. 훈련 1달 후 몸무게가 약 8kg이나 빠졌으니 두말할 필요가 없겠지요. 하지만 그때를 생각하면 참 행복했던 기억인 듯합니다.

지나간 좋았던 일들은 모두 추억이고, 힘들었던 기억은 경험이라는 광고 문구처럼 제게 그때의 기억은 추억인 것으로 보아 좋았던 시간인 것 같습니다.

그 당시 한 가지 마음속으로 다짐한 일이 있습니다. "살아가며 절대 덥다는 말은 하지 않겠다. 이보다 더 더울 수도 없지만, 덥다고 해도 부채 한 번 부칠 수 없는 현재보다는 무조건 좋을 테니." 여름 더위로 불평하지 않으리라 말이죠.

그런데 인간은 역시 망각의 동물이었습니다. 20년이 훌쩍 지나버린 오늘, 대프리카(대구가 아프리카만큼 덥다고 나온 말)의 무더위에 맥을 못 춥니다. 집안 서재에 선풍기를 틀어보지만 더운 바람이 나오는 것 같고, 가만히 있어도 몸이 뜨겁습니다. 샤워를 하고도 너무 더워서 냉수 한 잔을 부엌에서 떠와서 방안 선풍기를 가만히 봅니다.

무더위를 식혀줘야 할 선풍기는 야속하게도 혼자 고개를 저으며 바람을 열심히 내고 있었습니다. 이쪽 저쪽 바람을 내면서 몇 시간 동안 돌아가는 선풍기를 보다가 가까이 가서 한 번 만져보니 선풍기의 머리는 열을 받아 뜨거웠습니다.

냉수 한잔 마시고 눈을 감아봅니다.

20년 전 그 더웠던 여름을 그간 잊고 살았던 것입

니다. 그때의 약속은 어디론가 무더위에 수증기가 되어 증발해 버린 듯 없습니다. 냉수를 마시고 정신을 차리면서 배운 것이 두 가지 있습니다. 선풍기는 바람을 내기 위하여 자신의 몸이 과열되는 아픔에도 바람을 계속해서 내고 있었다는 것입니다. 그리고 선풍기를 고정하여 바람을 맞을 때보다 회전되어 몇 초 뒤에 돌아오는 바람이 더 시원하게 느껴진다는 것입니다.

여기서 너무나 당연한 고마움을 행복으로 못 느끼고 사는 우리를 생각해봅니다. 선풍기의 뜨거운 머리처럼 자기 몸을 희생하면서 당신을 위해서 살아가는 부모님과 가족들이 있을 수 있습니다. 하지만 선풍기의 바람이 고정으로 되어있는 것처럼, 늘 그러한 감사함을 행복으로 느끼지 못하고 사는 것은 아닌가 합니다. 선풍기의 머리는 비록 고장 날 때까지 우리가 원하는 대로 고정시킬 수 있지만, 사람과의 관계는 그렇게 기다려주지 못함을 우리는 너무나 잘 알고 있습니다.

✦ 행복공식

지금 만약 선풍기 앞에서도 시원함을 못 느끼신다면, 선풍기를 회전으로 바꾸어 보십시오. 왠지 모르게 같은 바람을 훨씬 더 시원하게 느낄 수 있을 겁니다.

불확실성에 더 많은 신경을 쓰는 것이 인간이다

어느 모임에 우연히 참석하게 되었는데 계획에 없던 10분 강연을 부탁받아 하게 되었습니다.

짧은 강의였지만 강연 후 재미있는 질문을 받게 됩니다.

"교장 선생님, 우리가 행복을 느끼지 못하는 가장 큰 이유는 무엇일까요?"

"사람들이 행복을 느끼지 못하는 이유 중 하나는 걱정이 너무 많아 행복을 가리기 때문이지요. 사실 생각해 보십시오. 걱정 없이 사는 사람은 없습니다. 시장에서 채소를 파는 분이나 나라를 운영하는 대통령이나 누구나 걱정은 있습니다. 그렇기 때문에 걱정 없이 삶을 산다는 것은 불가능합니다."

"교장 선생님, 듣고 보니 그렇군요. 그러면 어떻게 하면 가려진 행복을 볼 수 있을까요? 저는 제 걱정으로 밤에 잠도 오지 않아 얼마 전부터는 수면제를 먹고 잡니다."

이런 질문은 제가 가장 많이 듣는 질문 중 하나입니다. 걱정, 고민 안 하는 사람이 없지요. 하지만 걱정한다고 해결되는 것이 없었습니다. 만약 해결되는 것이 있었다고 한다면 그것은 걱정이 아니라 해결할 방법을 궁리한 끝에 나온 해결책이지요.

즉, 걱정한다고 해결된다면 모두 걱정만 하고 시간을 보내도 좋겠습니다. 그러나 여러분의 경험이 증명하듯, 또 통계로 보더라도 걱정의 약 85%의 일은 실제 일어나지 않습니다.

여기서 우리는 중요한 점을 짚고 넘어가야 합니다. 통계적으로도 15%만 걱정하면 되고, 나머지 85%는 행복하면 됩니다. 하지만 우리는 15%의 생각에 나머지 85%의 행복을 잠식당하고 무기력하게 행복을 내어줍니다.

"왜 그렇게 살아야 합니까?"

"바로 인간이기 때문입니다. 그리고 완벽해지고 싶은 욕구, 본능 때문입니다." 그렇기에 우리는 내려놓는 연습을 해야만 합니다. 이미 가지고 있는 것에 대하여 감사하고 일어나지도 않을 일들에 너무 많은 감정과 에너지를 빼앗기지 않도록 연습해야 합니다.

행복도 이러한 연습이 필요하고 부단히 노력해야 불안과 고민으로부터 점차 자유로워질 수 있습니다.

✦ 행복공식

우리가 걱정하는 일은 절대 일어나지 않습니다! 저를 믿고 지금 바로 행복하십시오.

겸손이 성공을 만든다

디지털시대, 제4차 산업혁명*이라는 말이 자주 들리는 요즘, 아이러니하게도 인문학과 자기계발에 대한 강좌가 예전보다 더 많이 개설되고 있습니다.

저 역시 인문학, 자기계발에 많은 관심이 있고, 시간이 허락할 때마다 오프라인 강의를 찾아 즐겨 듣고 있습니다. 그런데 그런 모임이나 강의를 들을 때 한 가지 특이한 점을 발견할 수 있습니다.

---

* 한국정보통신기술협회에 따르면 제4차 산업혁명이란 인공 지능, 사물 인터넷, 빅데이터, 모바일 등 첨단 정보통신기술이 경제·사회 전반에 융합되어 혁신적인 변화가 나타나는 차세대 산업혁명을 말한다. 인공 지능 (AI), 사물 인터넷(IoT), 클라우드 컴퓨팅, 빅데이터, 모바일 등 지능정보기술이 기존 산업과 서비스에 융합되거나 3D 프린팅, 로봇공학, 생명공학, 나노기술 등 여러 분야의 신기술과 결합되어 실세계 모든 제품·서비스를 네트워크로 연결하고 사물을 지능화한다.

하루는 강의를 듣는데 낯익은 얼굴들이 몇 분 보였습니다. 대학교 철학과 교수님과 전통 마을 살리기 회장님도 참석한 것이었습니다. 물론 배울 것이 있어 오셨겠지만, 일반적으로는 자신의 전문 분야에 대하여 더 이상 배움이 필요 없다고 생각하여 듣지 않는 것이 만연한 우리 사회에서 말입니다.

"교수님 안녕하세요? 어쩐 일로 여기에 오시게 되었습니까?"

"아, 오랜만이네요, 잘 지내시지요? 요즘 내가 생각하고 있는 분야에 대하여 다른 선생님들은 어떻게 생각하고, 강의방식에 따라 청중들은 어떻게 반응하는지 직접 보고 싶었습니다. 내 생각에만 잠겨 있어서는 발전이 없지 않겠어요?"

듣는 순간, 아찔하였습니다. 교수님의 말씀에서 겸손이라고 생각하기에는 너무나 솔직함이 느껴졌기 때문입니다. 정말 진정한 겸손은 사람을 성숙하게 만들고 그 성숙은 주위에서 사람을 모으는 진정한 힘이 되는 것 같습니다.

요즘 세상, 아는 것이 적더라도 그것을 포장하여 어떻게든 자신을 더 예쁘게 포장하려는 시대에 모르는 것을 부끄러워하지 않고, 부단히 자신의 부족한 점을 알고 변화되어가는 시대의 흐름을 읽으려 공부하는 겸손한 자세는 자신의 평판을 좋게 할 뿐 아니라, 마음의 평온함이란 행복 또한 선물하지 않을까요?

찰리 채플린은 "내가 상상할 수 있는 가장 슬픈 일은 사치에 익숙해지는 것이다"라고 했습니다. 너무나 익숙한 것에 물들어 갈 때 우리는 우리가 가는 길이 진정 바른 길인지에 대한 물음조차 하지 못할 수 있습니다. 그때 무덤덤한 자신을 본다면 참 슬플 것 같습니다.

✦ 행복공식

겸손하게 항상 스스로를 돌아보며 자신의 부족한 부분에까지 솔직해지는 것이 행복을 얻는 방법인 것 같습니다.

글 쓰는 즐거움을 누려라

    하루에도 수십 만 가지의 생각들을 하고, 수천 가지의 크고 작은 결정을 하고 있습니다. 이렇게 반복되는 삶에서도 우리는 많은 후회와 반성을 하며 마음에 쌓이는 찌꺼기들을 정리하지 않고 지냅니다. 솔직히 마음에 쌓이는 찌꺼기가 있다는 것을 한 번도 생각해 본 적 없을 수도 있습니다. 하지만 이러한 찌꺼기들은 세월의 무게에 눌리다보면 결국 스트레스라는 이름으로 우리의 몸을 공격하고 병들게 하지요.

    현대 사회, 몸에 쌓이는 불필요한 노폐물을 정리하려 우리는 요가나 헬스와 같은 운동들을 합니다. 시간이나 돈을 투자해서 몸은 돌보고 있지만, 정작 중요한 마음의 쓰레기는 정리하지 않습니다. 하고 싶은 말을 다 하지 못하여 혼자 노래방에 가서 목 놓아 노래 부르기도 하고, 혼자 주말이나 월차를 내어 바닷가에서 파도를 보며 쓰레기를 정리하려 합니다. 하지만 노래방에 가는 것도 바닷가에 가는 것도 따로 시간과 돈이 필요합니다.

오늘 저는 여러분에게 스스로 마음을 정화시킬 수 있는 정수기를 하나 놓아 드리려 합니다. 따로 수술을 해야 하는 것도 아니고 여러분의 작은 의지만 있으면 평생 무료로 마음을 정화시킬 수 있는 방법입니다.

그 정수기의 이름은 바로 '글쓰기'입니다.

남에게 보여주고자 쓰는 글이 아니라, 자신만의 이야기, 자신에게 주어진 문제에 대하여 글을 써보는 것입니다. 처음에는 어려울 수 있지만, 시간이 흐르고 글을 쓰면 쓸수록 자신의 문제가 객관화되어 보입니다. 마치 영화에서 사물을 가까이에서 비추던 카메라가 점점 멀어지는 현상과 같은 시점의 변화를 느낄 수 있습니다.

고등학교 졸업하고 한 번도 글 써본 적이 없다고 손사래를 치는 분도 많을 것입니다. 하지만 제가 말씀드리는 것은 남에게 보일 책을 쓰라는 것이 아니라 자신의 생각을 글로 적어보라는 것입니다. 생각을 말로 하면 말은 기록되는 것이 아니기에 다시 볼 수가 없습니다. 생각을 꾸밈 없이 글로 써보는 작업은 스스로 내린 수많은 생각과 결정을 객관화된 시각에서 조명하는 일이기도 합니다. 세월이 흐른 후 지금의 내가 했던 생각에 대하여 살펴보는 계기가 될 수 있고, 후일 비슷한 일이 생겼을 때 대처할 수 있는 묘책으로 사용될 수도 있습니다.

하지만 더 좋은 것은 글을 쓰면서 자신의 생각을 정리하고 스스로를 위로할 수 있다는 것입니다. 술 취해 부른 노래는 일시적으로 우리의 마음을 가볍게 해줄 수 있고, 어렵게 시간 내어 찾아간 바닷가의 파도는 우리의 고민을 받아줄 수도 있습니다. 그러나 우리는 종이와 펜, 혹은 컴퓨터만 있다면 우리의 고민은 흰 종이 위에서 뛰어놀다 결국 우리의 눈으로 그 해결책을 보여줄 수 있습니다.

베스트셀러를 원하는 것이 아니고 신문에 투고할 글을 원하는 것도 아닙니다. 다만 글쓰기 그 자체가 마음을 정리하는 데 도움이 되는 것이고, 행복을 기록하고 바라볼 수 있는 시간이 될 수 있습니다. 글 쓰는 즐거움이란 바로 이런 것입니다.

✦ 행복공식

글쓰기는 나 자신을 멀리서 바라볼 수 있는 배를 타고 하는
여행입니다.

잠들기 전 명상을 하라

스트레스와 하루 종일 씨름한 날은 해결하지 못한 고민을 가진 채 잠이 듭니다. 잠을 자고 난 뒤에도 개운하지 않습니다. 머릿속 정리되지 않은 일들은 다음 날 아침 두통으로 찾아올 때도 있습니다. 스트레스와 고민으로 밤에 잠들지 못하고 새벽이 되어야 겨우 잠이 들기도 합니다.

이처럼 스트레스는 정신뿐 아니라 우리 생활의 리듬을 깨어 다음 날 무거운 몸으로 출근을 하게 만들고 반복되면 삶을 피폐하게 하기도 합니다.

저 또한 사람인지라 왠지 걱정이 많은 날, 새벽 1시가 되고, 2시가 되어도 잠을 청하지 못할 때가 있습니다. 그러면 다음 날은 하루 종일 아무 일도 못하게 되죠. 심지어 운동을 가도 힘이 없어서 헛걸음을 하고

올 때가 있습니다.

만약 잠을 취하기 어려운 날이 있다면 제가 제안 드리고 싶은 솔루션은 바로 명상입니다. 수영을 하지 못하는 사람이 바다를 마냥 무서워하듯, 명상도 해보지 않은 사람에게는, 그리 쉬운 일은 아닐 수 있습니다. 특히 하루 일과를 마치고 돌아와 피곤하여 누워 있는데 앉아서 명상을 하라는 것은 또 다른 숙제일 수 있으니까요.

명상을 따로 배우고 단전호흡도 배워서 하면 제일 좋겠지만 바쁜 여러분들에게 조금 더 쉬운 방법을 하나 말씀드리고자 합니다.

그것은 바로 자려고 누웠을 때 핸드폰을 꺼내어 유튜브(youtube)에서 '명상음악'을 찾아 틀어 놓는 것입니다.

명상음악을 주제로 찾아보면 '마음이 고요해지는 음악', '부자가 되는 명상', '좋은 일이 생기는 명상' 등 여러 가지 내용의 명상음악이 있습니다. 자신에게 맞는 음악을 틀어 놓고 잠이 오면 그냥 잠들면 됩니다.

아주 간단하지요. 잠을 자는 동안 우리의 '잠재의 식'*은 그러한 내용을 듣고 뇌로 전달합니다. 끊임없이 자기 자신에게 긍정적인 말을 하고, 아름다운 말을 들으며 잠을 자고 일어나면 아침에 왠지 모를 자신감이 생기고 정말 좋은 일들이 일어납니다.

저는 대학 시절 영어를 공부할 때, 특히 듣기시험을 준비하면서 잘 때 듣기 문제를 틀어놓고 잠들곤 하였습니다. 종일 공부하였으니 잘 때만큼은 편안하게 잠만 자는 것이 맞지만 당시의 저는 자는 시간도 아까웠습니다. 자는 시간에 공부할 수 없을까라는 고민 끝에 잠을 잘 때 테이프를 틀어놓고 자면 무의식이 공부하지 않을까라는 생각이 들었고, 해보니 정말 효과가 있었습니다. 처음에는 시끄러워 잠이 잘 오지 않았지만 반복되니 무시하고 잠을 잘 수 있었고, 자면서도 영어 공부를 하게 되어 성적도 점차 올랐습니다.

명상음악을 들으며 잠을 청해 보십시오. 잠드는 동안 들려온 긍정의 에너지와 자기암시의 소리로 자고

---

* 잠재의식 : 어떤 경험을 의식적으로 한 후, 그 경험과 관련된 사물·사건· 사람·동기 등과 같은 것이 일시적으로 기억·감지(感知)되지 못하고 있으나 그것이 필요하면 다시 기억재생(記憶再生)할 수 있는 상태. 흔히 전 의식(前意識, preconscious)이라고도 하며 무의식과 의식의 중간과정으로 간주한다.

일어나면 머리는 더 맑아지고 다음 날 아침 왠지 모를 기분 좋음에 미소 지으며 하루 종일 그 기분을 유지할 수 있습니다. 바쁜 일상 속에서 과연 우리가 얼마나 시간을 내어 명상을 하고 자기암시를 할 수 있을까요? 간단히 잠들기 전 10분이면 그 효과는 직접 체험하실 수 있을 것입니다.

✦ 행복공식

잠들기 전 10분이라는 시간동안 나를 위해 힐링할 수 있는 방법이 있다면 반드시 그것을 하십시오.

노출은 우리의 자유이다

'맹모삼천지교'라는 말이 있습니다. 맹자의 어머니가 환경의 중요성을 알고 맹자를 위해 세 번이나 이사를 하여, 결국 맹자가 훌륭한 사람이 되었다는 이야기에서 유래한 말입니다. 굳이 수천 년 전까지 거슬러 올라가지 않더라도 우리는 주위에서 이와 비슷한 많은 사례를 보게 됩니다.

부모가 변호사이면 자식은 시험을 보지 않아도 사무장 수준은 되고, 부모가 의사이면 자식은 적어도 간호사 정도의 지식은 가지고 있다고들 우스갯소리로 많이 말합니다. 하지만 이 말이 전혀 근거 없는 이야기는 아닙니다. 정육점 주인이 잠시 자리를 비우면 사장님의 아내나 자녀가 나와서 고기를 내어주기도 하고, 철물점 사장님의 아내가 어지간한 공사재료는 전문가

수준으로 설명하는 경우를 쉽게 볼 수 있으니까요.

얼마나 노출되느냐에 따라 자신의 의지와는 전혀 관계없이 그 환경에 조금씩 물들어갑니다. 몇 달 전 헬스트레이너의 개인 옷장을 보게 되었습니다. 열린 옷장의 벽에는 자신이 닮고 싶어 하는 모델의 사진과 함께 이러한 단어들이 적혀 있었습니다. "웃음, 성공, 행복, 즐거움, 여행" 왜 이런 말을 적어 놓았는지 궁금했습니다.

나중에 들어보니 "이러한 희망적이고 긍정적인 단어를 보면 우리의 뇌는 눈에 노출된 단어를 인식하고 그렇게 따라가려고 노력한다"는 것입니다. 상당히 설득력 있는 설명이었습니다. 만약 반대로 "실망, 피곤, 절망, 화남"과 같은 부정적인 단어를 자주 보게 된다면 우리의 뇌는 경직되고 부정적인 사고모드로 작동할 것입니다.

그리 어려운 일이 아닌 것 같은데도 이러한 노출의 효과는 의외로 좋습니다. 매일 타는 자가용 앞좌석에 자신이 생각하고 바라는 글귀를 적어 놓은 사람들도 바로 이러한 원리를 이해하고 적은 것이 아닐까 합니다.

만약 당신이 하고 싶은 것, 바라고 싶은 것이 있다

면, 책상 위에 자신에게 해주고 싶은 단어들을 적어서
올려 놓아 보십시오. 그리고 시간이 날 때마다 혼자
읽어 보세요.

하루하루 자신이 그 단어와 함께 변화됨을 느낄 것
입니다.

새벽은 아름답다

새로운 일들 없이 늘 지루한 생활의 연속이라고 힘들어 하는 사람들이 많습니다. 아침 7시 핸드폰 알람이 울리면, 졸린 눈을 비비면서 샤워를 하고, 아내가 차려준 아침 식사에 몇 숟가락 뜨는 듯하다가 늦었다면서 회사로 갑니다. 지하철 안에서는 많은 직장인들이 밤 사이 일어난 세상 돌아가는 이야기를 스마트폰을 통하여 서핑하며 출근합니다.

몇 번의 회의가 지나자 점심시간, 지난주와 같은 메뉴의 점심을 동료와 함께하고 다시 오후 업무, 다람쥐 같은 일상 속에서 행복은 어디에 묻혀있는지조차 모르고 살아가고 있는 것 같습니다. 그러다 주말이 되면 여행이라도 가자는 가족들의 성화에 생각은 해보지만, 불타는 금요일에 마신 술로 결국 방바닥과 같은 배를 타게 됩니다. 어쩌다 이러한 일상이 싫어서 영화를 봅니다. 영화에서 일상을 탈피한 그리고 자유를 찾아 떠나는 주인공을 볼 때면 마치 자신이 느끼고 싶은 경험을 간접적으로 느끼며 카타르시스를 느끼기도 합니다.

저 역시 마찬가지입니다. 자신이 갑자기 먹고 싶은 것이 생긴다는 것은 어쩌면 몸에 필요한 영양소가 부족해서 몸이 반응한다는 말이 있는 것처럼, 영화를 고를 때도 자신이 필요한, 느끼고 싶은 감정이 바로 영화를 찾게 되는 것이지요. 사랑이 그리울 때는 멜로 영화를 보고, 스트레스가 무척 쌓일 때면 아무생각 없이 웃고 싶어서 코미디 영화나 액션 영화를 찾게 되지요.

하지만 영화를 보는 것도 한계가 있고, 극장에 가는 것도 귀찮을 때가 많습니다. 주위를 둘러싼 많은 사람들 속에 혼자 있는 것도 그렇고, 또 식구들과 함께 가려니 취향이 맞지 않아 늘 고민이기도 하지요. 이렇게 생활이 지루하다고 생각되고, 뭐 하나 결정내리기 힘들 때 제가 제안하는 방법을 한번 사용해 보세요.

바로 새벽에 일어나 밖으로 나가보는 것입니다.

새벽 5시, 여느 때라면 아직 일어나려면 2시간이나

더 있어야 하지만, 한번 새벽에 일어나 세수만 간단히 하고 밖으로 나가 산책해 보세요. 아직 해가 뜨지 않아 어두컴컴하지만, 하늘의 별빛도 보이고 평소 보이지 않던 새들도 여유롭게 날아다니는 것이 보입니다. 사람들만 주인공인 세상인 줄 알고 살아왔지만, 새벽에 만난 세상은 아주 다양한 생명들로 가득 차 있습니다.

막연히 한 시간 정도 걸어봅니다. 걷다가 공원 벤치에 가만히 앉아봅니다. 핸드폰을 꺼내 보거나 음악을 들으려는 생각은 잠시 접어두세요. 그저 무서우면 무서운 대로 외로우면 외로운 대로 그 상태 그대로를 한번 느껴 보십시오. 사뭇 평소와는 다른 삶의 향기를 느끼실 수 있을 것입니다.

고래 고기를 먹어보지 않은 사람들은 12가지 맛을 가졌다는 고래 고기가 어떤 맛인지 잘 모릅니다. 수십 년을 살지만 늘 같은 곳에서 같은 식으로만 사는 사람들은 우리가 삶에서 느낄 수 있는 삶의 색깔을 다 볼 수 없습니다.

새벽에 일어나 조용히 산책해 보십시오. 행복의 맛이 느껴지실 겁니다.

선택과 포기

　선택과 포기는 반대말이 아닙니다. 하지만 사람들은 일반적으로 기대하는 선택을 하지 않았다고 해서 포기했다며 극단적으로 스스로 자책하는 이들이 있습니다.

　매월 한 번씩 모이는 어느 모임에 참여한 적이 있습니다. 그러나 시간이 지날수록 좋은 것보다는 안 좋은 것들이 눈에 자꾸만 들어오고 신경 쓰지 않아도 되는 문제에 제 소중한 에너지들이 빠져 나가는 것을 느꼈습니다.

　그래서 그 모임을 소개해주신 분에게 이러한 이유로 모임에 참석하지 않으려 한다고 말씀드렸더니, "맞지 않으면 맞추려 노력해야 한다", "이런 문제를 풀고 가지 않으면 또 같은 경험을 하게 된다"는 말씀을 하셨습니다.

여러분은 어떻게 생각하시나요? 세상에 수많은 사람들이 살고 있고, 그러한 사람들이 자신과 비슷한 성격의 또는 특수한 목적을 위해 여러 만남을 이루어나가고 있습니다. 그렇기 때문에 인간관계가 복잡해지고, 거기에서 얻는 불필요한 오해나 아픔은 동반될 수밖에 없습니다.

저는 비록 자신에게 도움이 되는 모임이라 할지라도 자신의 마음을 자주 상하게 하고 행복을 덮고 가리는 모임이라면 가지 않아야 한다고 생각합니다. 즉 참석하는 모든 모임에서 행복할 수 있다는 것은 참 어려운 이론입니다. 하지만 그러한 어려운 이론조차도 우리는 쉽게 잊고 어떻게든 참고 맞추어 나가려 합니다.

절대 그럴 필요는 없는 것 같습니다. 자신을 좋아해주고 자신이 집중할 수 있는 모임과 사람들의 어울림에 가기에도 시간이 부족할 수 있습니다. 우리는 선택하고 집중해야 합니다. 선택한 것을 포기했다고 할 수는 없습니다. 우리는 쉽게 그것을 포기라는 이름으로 생각해버리기 때문에, 자신을 포기하는 사람으로 생각하기 싫은 것뿐입니다.

좀 더 정확히 표현한다면 그것은 포기가 아니라 잠시 쉬어가는 것이라 보면 더 어울릴 것 같습니다. 어느 조직이나 모임도 절대적으로 한 가지 색으로만 정해지지는 않습니다. 그러기에 자신과 지금은 어울리지 않는 모임이라도 시간을 두고 지켜보면 자신이 들어갈 색을 찾을 때가 있습니다. 그때 마음이 내키면 들어가면 되는 것입니다. 굳이 힘들게 포기하기 싫다는 이유만으로 소중한 우리 자신을 밀어 넣을 필요는 없습니다.

때로는 자신을 사랑해주는 연습과 용기도 필요합니다. 갑자기 모임에 나오지 않을 것을 다른 사람들이 보고 수군거리는 것이 신경 쓰여 오늘도 갈까 말까 고민하는 당신이라면, 그것은 포기가 아닌 당신을 사랑하는 내 마음의 선택이라 생각하고 충분히 존중하며 결정하면 좋을 것 같습니다.

나 자신이 세상에서 제일 소중하니까요.

아직 12가지의 보물이 있다

"아직 신에게는 12척의 배가 있사옵니다!"

이 말은 명량해전을 승리로 이끈 이순신 장군이 임금인 선조에게 보낸 편지에 나온 말입니다. 이 말은 들을 때마다 새로운 느낌이 듭니다. 이순신 장군의 전략적인 측면을 생각할 수도 있고, 힘든 상황에서도 포기하지 않는 긍정적인 에너지에 관한 생각일 수도 있습니다. 이 말은 정치하시는 분들이 자주 사용하기도 하며 리더십 프로그램에서도 단골 주제로 사용됩니다.

오늘 저는 이 말을 조금 바꾸어 "아직 우리에게는 12가지의 보물들이 있습니다"라고 말씀드리고 싶습니다. 사람들은 종종 '나는 가진 것이 없다. 그래서 너무나 힘들다'라고 합니다. 저녁을 먹고 포장마차에서 술

잔을 기울이는 아저씨들의 주요 화두는 가진 것이 없다는 것에 대한 부정적인 의식입니다. 누구는 금수저, 은수저로 태어나서 소주 대신 양주 마신다고 투덜거리기도 하면서 말이지요. 하지만 우리, 정말 가진 것이 없을까요?

친구 녀석은 "부채도 재산이고 능력이다"라고 우스갯소리를 합니다. 어찌 보면 참 긍정적인 생각이라고도 말할 수 있습니다. 회사를 운영하면서, 아니면 회사를 다니면서도 부채를 가질 수 있습니다. 매년 가계부채가 최고수준이라고 말하는 것을 보면 실감나기도 하지요. 이렇게 부채조차도 아름답게 생각하고 살아가는 사람이 있는가하면 부채도 없음에도 불구하고 늘 가진 것이 없다는 친구들도 많습니다.

앞서 말씀드렸지만, "정말 가진 것이 없을까요?"라고 다시 물어보고 싶습니다. 스스로 한번 물어봅시다. 아닙니다. 누구나 가진 것이 많습니다. 아침에 일어나서 자고 있는 아이들을 볼 때 마음에서 흘러나오는 사랑을 느끼는 것이 첫 번째 행복이고요, 회사 갈 때 아침 먹고 가라고 잔소리하는 부인이 있어 행복하고요, 땀 흘릴 회사가 있어 행복하지요. 그럼 만약 가족도 회사도 없으면 행복하지 않지 않나요?라고 물어볼 수 있습니다.

행복은 상대적입니다. 비록 가족도 회사도 없지만, 내일을 생각할 자유가 있고, 최소한 움직일 수 있는 건강한 몸이 있지 않습니까? 주위에 병으로 힘들게 생활하시는 분이 있습니다. 그 분은 내년 이때 자신이 살아 있기만을 바라고, 아이들을 하루라도 더 볼 수 있기만을 바랍니다. 더 이상의 바람도 없다고 하며 이러한 소망을 이루기를 늘 기도합니다.

큰 것만을 가지길 바라고 꿈꾼다면 행복은 끝도 없습니다. 이미 여러분, 우리가 가지고 있는 행복에 대하여 감사하고 무엇을 가졌는지 한 번 정도 생각해본다면 우리는 이미 많은 것을 가졌고 12척으로 명량해전을 승리를 이끈 이순신보다 더 큰 승리를 얻게 될 것입니다.

여러분을 응원합니다.

이제 뒤돌아보지 말자

친구들과 함께 하는 자리에서 물어봅니다.

"너 철들었다고 생각하니?"

"철 그게 뭔데, 들었겠지 뭐"

보통 철든다는 말은 대학 입학할 때나, 결혼을 하여 아이를 가지게 될 때 부모님들이 자주 하시는 말씀입니다. 철이 들면 어느 정도 후회나 반성을 하지 않고 성숙한 모습으로 살아갈 것도 같지요. 그래서 우린 보통 후회할 법한 행동을 하면 주위에서 "철 좀 들어라"라는 말을 자주 듣게 됩니다.

당신은 철이 들었다고 생각하십니까? 만약 이 글을 읽고 있는 당신이 아직 마흔이 되지 않은 분이라면 여러 가지 경험과 실패로 자신을 뒤돌아볼 수 있지만, 마흔이 넘은 분이라면 이제는 더 이상 뒤돌아보지 말고 자신만의 길을 가는 것이 중요하다고 생각합니다. 즉 너무 자주 뒤돌아보는 것보다 차라리 배수의 진을 치고 사는 것이 좋을 것 같다고 생각합니다.

남의 눈치는 아무리 봐도 줄어들지도 않습니다. 끝도 없이 남들 눈치를 보며 살아가는 것보다는 자신이 정성껏 세운 계획을 믿고 묵묵히 해나가는 것이 좋습니다. 주변에서 들려오는 소리들 잠시 닫아두고 말이지요. 좋아하는 배우 송강호 씨가 영화에서 이런 대사를 했습니다. "그냥 쭉 가는 거야, 남들이 뭐라 하든 말든!"

이제 자신의 행동에 책임을 지고, 자신이 행하는 일에 보람을 느끼고 살며 뒤돌아보지 않는 연습도 필요합니다. 잘못된 행동을 뒤돌아보지 않는 것은 참 잘못된 것이지만, 우리는 이미 수많은 세월 동안 그렇지 않게 살려고 많은 시행착오를 이미 겪어 왔기에 그러한 걱정은 할 필요가 없어 보입니다.

배수의 진, 내가 하는 모든 행동에 바른 의미를 부여하고 쭉 나아갈 수 있는 용기도 우리 중년이 가질 행복의 한 요소라고 생각합니다.

너무 많은 고민은 결국 악수(惡手)를 두게 한다는 말이 있는 것처럼, 이제는 자신을 믿고 남들의 시선에서 벗어나는 행복을 가져보시길 두 손 모아 바랍니다.

비밀의 무게

세상에는 참 별사람이 다 있습니다. 자신이 한 말에 대하여 최선을 다하여 지키는 사람이 있는가 하면, 자신이 한 말조차 기억하지 못하고 약속을 어기는 사람도 있습니다. 나이가 들어가면서 자신이 한 말에 대하여 책임을 지키지 못하는 사람을 볼 때마다 그 사람과의 거리가 어느 정도 자연스럽게 생기게 됩니다. 하지만 여기서 이 문제를 또 다른 시각에서 본다면 어느누구에게도 너무 힘든 약속을 부탁하면 안 된다는 것입니다. 힘든 부탁이란 들어주기 어려운 부탁만을 이야기하는 것이 아니라 비밀이란 이름의 화의 불씨를 말하는 것입니다.

얼마 전 힘든 일이 있었습니다. 그 와중에 조언을 구하기 위하여 지인에게 연락하였고 저의 일에 대하여 설명하였습니다. 그분의 반응은 괜히 찾아갔다는 생각이 들 만큼 절 당황스럽게 만들었습니다만, 사람이니 또 그럴 수도 있겠다 싶어 고맙다는 말을 남기고 돌아섰습니다. 다만 사적인 일이니 남들에게는 절대 비밀로 해달라고 당부를 드렸습니다. 그러나 최근 그분과 함께하는 모임에 참석하였다가 놀라운 일을 겪었습니다. 다소 늦게 나간 모임 자리에 저의 이야기를 대부분의 사람들이 알고 있는 것이었습니다. 그토록 비밀로 해달라고 했지만 기억을 못한 것인지, 시간이 흘러 괜찮을 거라 생각해서 그렇게 한 것인지는 알 수 없습니다.

하지만 한 가지 확실한 것은 그분이 사회적 지위에 맞는 면모를 갖추려면, 이런 실수가 또 일어나지 않도록 주의하셔야 한다는 것입니다.

우리는 어릴 적부터 친구들과 말할 때, "이거 비밀인데,"라는 말을 붙여가며 말하여 왔습니다. 우리가 하는 대부분의 비밀이 농담 삼아 하는 말일 수도 있고, 자신의 스트레스를 풀기 위해 다른 사람의 뒷담화를 비밀이라며 전할 수도 있습니다. 듣는 사람이 비밀을 지켜줄 거라는 확실한 보장은 어디에도 없습니다. 계약서를 쓰고 공증까지 거치는 부담스러운 절차를 거치지 않고는 시간이 지남에 따라 잊어버리고 말하게 될 수도 있기 때문입니다. 그렇기 때문에 우리는 어지간하면 비밀을 말하여서도 말할 필요도 없습니다. 결국 자신이 도움을 받아야 할 대상이 전문적인 부분이라면 차라리 돈을 주고 상담을 받아야 합니다. 자신의 비밀을 지켜줄 사람은 이 세상에 거의 없습니다.

언론 용어 중에 오프더레코드(off-the-record)와 엠바고(embargo)라는 말이 있습니다. 둘 다 언론 보도를 막는 방법을 지칭하는데 비슷한 것 같으면서도 확연히 다릅니다. 오프더레코드는 말 그대로 보도를 하지 않겠다는 의미로 상황을 설명하되 기사화하지 않는다는 상호간의 약속이 전제되어 있습니다. 반면 엠바고는 상황을 미리 알려주되 어떠한 시점까지는 보도를 금지하는 것을 말합니다. 그런데 재미있는 것이 오프더레코드의 경우 기자가 보도하지 않는다는 약속을 반드시 지켜야 할 의무는 없습니다. 덕분에 우리는 우리가 꼭 알아야 할 정치 사회면도 큰 동요 없이, 그다지 보고 싶지 않은 연예인 가십란도 쓸데없이 볼 수 있게 된 것이죠.

내 입에서 내뱉어진 순간 그것은 더 이상 비밀이 될 수 없습니다.

모두가 당신을 나쁜 사람이 아닐까 의심하고 있던

순간, 사실은 당신이 수십 년 동안 주말마다 봉사활동을 해왔으며 적은 돈이지만 차곡차곡 모아 불우이웃을 돕고 있던 숨은 천사였다는 사실을 별일 아니니 비밀로 해 달래서 지켜주던 친구가 지금이야 말로 엠바고를 깨야할 순간이다 하고 사람들에게 말해준다면 이처럼 아름다운 일이 어디에 있겠습니까만은 실상에서 보긴 힘든 일이죠.

다시 말해 다른 사람에게 비밀을 말한다는 건 그게 좋은 내용이든 나쁜 내용이든 언젠간 공개가 되는 것이 자명한 사실이라는 겁니다.

친근하게 다가와 '나만 알고 있을게, 다른 사람에겐 절대로 말 안 해' 하면서 당신의 비밀을 캐묻는 사람도, '내가 죽기 전까진 절대 누설하지 않을게' 하며 호언장담하는 사람도 때론 실수로, 때로는 자신의 이익이나 친목을 위한 화젯거리로 당신을 도마 위에 두고 기자정신을 발휘할 수 있습니다.

오늘의 스트레스를 풀기 위하여 비밀이란 이름으로 다른 사람에게 이야기하려면, 차라리 핸드폰 영상기능에 본인 얼굴이 보이게 한 뒤, 녹화버튼을 누르고 하고 싶은 말을 해보세요. 그 영상을 몇 번 돌려보다 보면 자신의 심각한 표정이 웃겨서 금세 웃음도 나고 그러는 사이 질문의 대답도 찾을 수 있으리라 생각합니다.

인간관계정리론

행복에 대한 가장 필수적인 요소를 꼽으라면 돈이
나 시간이 아니라 바로 사람입니다. 사람 때문에 우리
는 행복하고 사람 때문에 행복을 느끼지 못하고 힘들
어 합니다.

제가 한 가지 물어보겠습니다. 조직이나 모임에서
자신을 힘들게 하는 사람은 누구나 있습니다. 그럼 그
힘들게 하는 사람을 우리는 어떻게 하는지요? 최대한
친구로 만들려고 노력을 하였겠지만, 그마저도 실패
를 하였다면 그 사람은 더 이상 당신의 친구는 아니겠
지요. 하지만 너무나 마음이 약한 우리는 그 사람을
멀리할 뿐 마음의 상처를 다시 주면 주는 대로 받으며
살아갑니다. 우리가 먼저 연락을 하진 않겠지만, 상처
받은 상황이 비슷하게 찾아올 때면 우리는 또다시 비

숫한 경험을 하게 되지요.

공자가 말한 지천명, 하늘의 뜻을 알 나이가 되어감
에도 요즘 도저히 뜻을 헤아리기 어려운 사람들이 있
습니다. 그런 사람들을 대할 때면 내부의 에너지가 같
이 방출되어 나가는 듯합니다. 정리가 필요합니다. 자
신과 맞지 않는 사람들에게 에너지를 뺏기고 있을 것
이 아니라 과감히 정리하여 자신의 소중한 에너지를
아껴서 나를 사랑하고 내가 사랑하는 사람들에게 나
눠주어야 합니다.

정리할 용기, 참으로 그러한 용기를 내어 본 적이
살면서 몇 번 없었던 것 같습니다. 그냥 안 보면 그만
이거나 언제 필요할 수도 있지 않을까라는 얕은 생각
으로 멀리할 뿐, 굳이 정리까지 할 필요가 있을까라고
말이죠. 물론 사람 성격에 따라 달리 행할 수는 있습
니다. 하지만 제가 최소한 강조하여 말씀드리고 싶은
것은 몇 번의 노력에도 가까이하기 어려운 사람이라
자신이 힘들어진다면 과감히 멀어지십시오.

먼저 핸드폰에 저장한 이름을 삭제하는 것만으로도
그 사람과의 관계가 일단 정리되는 것입니다. 카카오
톡에서 친구목록에서도 삭제하거나 차단하는 순간,

당신의 정보는 더 이상 그 사람에게 가지도 않고, 그 사람의 업데이트된 보고 싶지 않은 정보들도 보지 않아도 됩니다.

혹시라도 그러다 너무 많은 사람이 정리되어 삭제될까봐 걱정되시나요. 새로운 사람들은 새로운 인연으로 우리에게 다가올 것입니다. 그러한 새로운 사람들이 당신의 전화번호부를 가득 채운다면 얼마나 행복할까요.

용기를 내세요. 미뤄두지 마시고, 당신의 행복을 가리고 있는 것을 찾아 정리하세요.

✦ 행복공식

관계를 정리하고픈 사람이 있다면 먼저 핸드폰에 저장된 이름을 삭제해 보세요. 그리고 새로운 인연으로 그 자리를 채워보세요.

함께 있되 거리를 두라

과유불급이라는 말이 있습니다. 눈 내리는 추운 겨울, 난로가 너무 따뜻하여 가까이 있다가 옷을 살짝 태운 경험, 더운 여름날 에어컨 아래에서 너무 오랜 시간 있다가 감기 든 경험, 한 번씩은 있으시지요? 옷이 타거나 감기가 든 이유가 무엇일까요? 너무 그 순간이 좋다고 즐기다가 도를 넘어섰기 때문입니다.

난로 옆에 있다고 옷이 금방 타지는 않습니다. 반드시 어느 정도의 선을 넘어서야 온도가 높아져 타기 시작하는 것이고, 여름철 에어컨이 아무리 차가워도 어느 정도 적정 체온을 유지하려는 우리의 몸이 더 이상 방어할 수 없을 시간이 지나야 감기에 걸리게 되는 것이지요.

세상을 구성하는 이치 중의 하나는 '중도(中道)'입니다. 즉 적당함을 두는 것입니다. 나이가 들면서 우리는 사람으로 인해 참 많은 상처를 받습니다. 하지만 그 상처를 가만히 보면 불필요한 상처, 상처가 되지 않을 만큼 별 것 아닌 상처들도 많습니다.

　　중도를 지키라는 말은 우리가 학창시절부터 늘 들어온 말이지만 구체적인 의미에 대해 한 번도 곰곰이 생각해본 적이 없습니다. 중도에 대한 사전적 해석만을 하였지, 그 의미를 자세히 이해하려 노력하지 않았기 때문이겠지요. 칼릴 지브란의 시, 「함께 있되 거리를 두라」를 한번 읽어 보신 후, 책을 덮고 눈을 감아 보십시오.

　　당신이 겪었던 몇몇 일들이 떠오르며 중도의 의미를 다시 한번 새겨보게 될 것입니다.

함께 있되 거리를 두라

칼릴 지브란

함께 있되 거리를 두라
그래서 하늘 바람이
너희 사이에서 춤추게 하라

서로 사랑하라
그러나 사랑으로 구속하지 말라
그보다 너희 혼과 혼의 두 언덕 사이에
출렁이는 바다를 놓아두라

서로의 잔을 채워주되
한 쪽의 잔만을 마시지 말라
서로의 빵을 주되
한 쪽의 빵만을 먹지 말라

함께 노래하고 춤추며 즐거워하되
서로는 혼자 있게 하라
마치 현악기의 줄들이
하나의 음악을 울릴지라도
줄은 서로 혼자이듯이

서로의 가슴을 주라
그러나 서로의 가슴 속에
묶어 두지는 말라
오직 큰 생명의 손길만이
너희의 가슴을 간직할 수 있다

함께 서 있으라
그러나 너무 가까이 서 있지는 말라
사원의 기둥들도 서로 떨어져 있고
참나무와 삼나무는 서로의
그늘 속에서 자랄 수 없다

표현하지 않는 사랑은 0이다

사랑공식은 참으로 많은 것 같습니다. 얼마 전 한 카피라이터가 사랑에 대한 공식을 이렇게 표현했습니다.

사랑하는 마음 100 × 표현하는 능력 0 = 사랑전달 수치 0

즉, 사랑하는 마음이 아무리 많고 넘친다고 하더라도 표현하지 못하는 경우, 결국 사랑이 전달될 수 없다는 말입니다.

말장난 같긴 하지만, 이 말을 듣고 난 후, 차 한 잔을 마시며 곰곰이 생각해봅니다. 흔히 말하는 첫사랑에 실패하게 되는 이유는 무엇일까에 대하여 생각해본 적이 있는데, 그것은 사랑을 해본 경험이 없기에,

즉 좀 더 구체적으로 말하면 경험이 없어 표현하지 못해서 실패하는 것입니다. 사랑에 대한 경험이 많으면 많을수록 성공에 대한 확률은 높아지게 됩니다.

무한도전이라는 프로그램이 있습니다. 개그맨들이 나오는 예능프로그램입니다. 그야말로 사람들 살아가는 이야기를 보여주는 것이지만 사람들은 일부러 시간을 내어 보기도 합니다. 왜 사람들이 그 프로그램을 즐기는지 곰곰이 생각해 보았습니다. 그 이유 중의 하나는 바로 약간은 과도한 그들의 표정과 표현 때문입니다.

어떤 즐거운 일이 있을 때 크게 웃고, 놀랄 때 무척 놀라는 표정을 볼 때마다 사람들은 같이 웃고 놀라고 공감합니다. 만약 그 프로그램에서 감정이나 표현이 메마른 사람들이 나와서 메마른 표정으로 대화를 한다면 시청자들은 더 이상 그 프로그램을 사랑하지 않고 관심을 두지 않을 것입니다.

이처럼 사랑의 필수요소는 바로 표현입니다. 사랑은 행복의 다른 이름이기도 하지요. 행복을 얻기 위해서는 표현해야 합니다.

또 사랑을 가족 간의 사랑으로 한정하지 말고, 다른 사람을 대하는 마음으로 생각해봅시다. 그리고 다시 첫사랑의 교훈을 떠올려봅시다. 마음만으로는 얻을 수 없고, 무조건 표현해야만 얻을 수 있는 것이 바로 사랑과 좋은 인간관계라는 생각이 듭니다.

지금 바로 약간은 과도하더라도 큰 목소리로, 더 밝은 표정으로 사람들과 대화해보세요. 처음에는 어색할지 몰라도 얼마 지나지 않아 당신의 평판은 예전과 달라져 있을 것입니다.

스티비 원더

    1960년대 어느 시골 학교 교실에서 쥐가 나오자 아이들은 놀라 책상 위로 올라가고 교실은 아수라장이 되었습니다. 쥐를 잡으려 했지만 숨어 있는 쥐를 찾을 수 없었고, 평소 눈이 안 보여 친구들에게 놀림을 받던 시각장애인인 한 흑인 소년이 가만히 쥐의 소리를 듣고 쥐를 잡을 수 있었습니다. 선생님은 반 친구들에게 남들이 가지고 있지 않는 능력을 가진 그 소년의 장점을 칭찬해 주었습니다. 이 칭찬 한마디가 그 소년의 인생을 바꾸어 놓았습니다. 그는 11살이 되던 해 첫 앨범을 내게 되었습니다. 그 노래는 바로 "I just called to say I love you"입니다. 오랫동안 우리의 사랑을 받는 노래로 스티비 원더라는 가수가 그 흑인 시각장애인입니다.

남들이 아무리 욕을 하고 따돌린다 할지라도 자신이 가진 자존감이 있고, 그것을 인정해주는 단 한 사람이라도 있다면 우리의 인생은 희망이란 이름으로 하루하루를 이어나갈 수 있습니다. 많은 이들이 스티비 원더보다 훨씬 더 편안한 조건으로 살아가고 있지만, 그리고 선생님이 스티비 원더에게 전했던 그 격려보다 더 많은 위안을 받고 살고 있지만, 우리가 힘든 이유는 무엇일까요?

물론 저 또한 힘든 일이 있었습니다. 그럴 때마다 혼자 끝도 없이 생각을 하고 술 한 잔으로 잊으려고도 해보고, 취중에 최선의 답을 찾으려 노력할 때도 많습니다. 하지만 답은 생각처럼 쉽게 찾아지지 않습니다.

하루는 가장 친한 친구인 로버츠를 만나 저의 고민을 이야기한 적이 있습니다.
"내가 겪고 있는 이 일을 남들이 어떻게 생각할지 고민이 되어서 말을 해야 할지, 어떻게 해야 할지 모르겠어."
친구는 답합니다.
"My life is not based on other's expectation. 내 인생을 다른 사람의 기대 위에 올려놓지 말라는 뜻이지. 이 말을 누가 했는지 아니? 바로 스티비 원더란다. 지금 네가 고민하고 있는 그 문제 역시, 네가 가장 솔직하다면 다른 사람은 신경쓰지마. 그것이 최선이라고 정직하게 생각한다면 그대로 밀어붙여. 그럼 자연스럽게 인간관계도 정리가 될 거야. 네게 맞는 사람과 헤어져야 할 사람으로."

갑자기 번개를 맞은 듯 머리가 맑아졌습니다. 그야말로 너무나 많은 사람들의 이해관계로 내가 정말 가야 하는 길을 다른 이들의 시선이 막고 있었습니다.

시각장애인인 그가 우리에게 들려주는 또 하나의 감동적인 이야기가 있습니다. 올해 70이 되어가는 스티비 원더가 50이 되던 해, 의사가 물었습니다.

"만약 당신이 세상을 볼 수 있도록 수술한다면, 시신경이 너무 오랫동안 망가져 있어서 수술을 한다 하더라도 15분 정도밖에 볼 수 없을 겁니다. 그래도 하시겠습니까?"

스티비 원더는 조금의 망설임도 없이 "네, 하게 해주세요. 잠시라도 저를 사랑하는 사람의 얼굴과 이 아름다운 세상을 한 번이라도 보고 싶습니다."

우리는 이미 충분한 행복을 가지고 있다고 해도 과언이 아닙니다. 스티비 원더가 그토록 보고 싶은 15분이란 세상을 우리는 오늘도 내일도 충분히 보고 사랑

하는 사람과 함께 눈빛을 마주볼 수 있으니까요. 그저
기적적인 삶이 아닐까요? 더 이상 무엇을 바랄까요?

✦ 행복공식

　이미 기적과 같은 행복을 매일 누리고 있음을 기억하고 느껴
봅시다.

띠동갑 선배와 친구가 되자

　고등학교 시절, 한 해 선배는 하늘이었고, 두 해 선배는 감히 말도 못 건넬 존재였습니다. 어쩌다가 졸업한 선배가 학교로 오는 날에는 신을 접하는 기분까지 들었습니다. 하지만 세월이 흘러 이제 나이 오십을 바라보자 나이 5살 전후의 선후배는 친구같이 지내는 편안함을 가지게 되었습니다. 나이를 무시하는 것이 아니라 배울 점이 있다면 딱딱한 격식보다는 편안함으로 함께하고 싶다는 마음 때문이지요.

　저는 띠동갑 전후의 선배들과 자주 연락을 하고 시간을 보냅니다. 마치 저의 12년 후를 보는 듯한 느낌이 들기 때문이지요. 지금 그분들이 가지고 있는 어려움은 무엇인가, 그 문제에 대하여 어떠한 시선으로 바라보는가, 또한 어떠한 해법을 가지고 있는지에 대하여 듣다 보면 제가 피할 수 있는 문제들도 가끔씩 보이기 때문에 아주 유익한 시간으로 즐겁게 만나고 있습니다.

물론 때로는 자신감 없는 모습을 보이셔서 벌써 저렇게 위축되는 시기인가 싶어서 위로나 용기를 드릴 때도 있지만 세상을 12년 더 무사히 살아오셨다는 자체만으로도 충분히 존경할만한 가치가 있다고 생각합니다. 여러분들도 살아봐서 느끼시겠지만, 무탈하게 지금까지 살아왔다는 자체만으로도 우리는 우리 스스로를 격려하고 충분히 보상해줄 필요가 있습니다.

어제는 선배 한 분과 차를 마시며 담소를 나누었습니다. 공무원 고위직에 계시다가 이제 퇴직을 한 해 남겨둔 시점에서 여러 가지 생각과 계획을 가지고 있었습니다. 지금껏 한 일 중 가장 보람 있었던 일은 십년 전 가족들과의 미국 무전여행이라 말씀하였습니다. 한 달 동안 차를 렌트하여 중부지역을 가족과 함께 여행하였다는 겁니다. 듣는 순간 "우와!!!"라는 함성이 나왔습니다.

늘 영어공부를 못하여 한이라고 말씀하시던 분이 가이드 없이 그것도 한 달 동안이나 미주여행을, 그것도 가족과 함께 했다는 용기가 정말 부러웠습니다. 여행경비 역시 일반적인 경비의 반 정도로 무척이나 알

뜰하게 다녀왔음에도 불구하고 여러 재미있는 에피소드를 가지고 흥분된 얼굴로 이야기하였습니다. 이 이야기를 듣고 '내 나이 환갑이 되면 제일 감동적인 기억은 가족과의 여행이겠구나, 만약 하지 않는다면 후회로 남을 것은 확실하다. 최대한 계획을 세워보자!'라는 생각이 머릿속을 가득 채웠습니다.

주제가 여행이 될 수도, 아니면 건강이 될 수도 있습니다. 하지만 선배를 만나려 할 때, 옛날이야기만 하는 지루한 사람으로만 생각할 것이 아니라 우리의 행복을 미리 경험한 세대의 귀중한 이야기를 듣는다고 생각하면 아주 귀기울여 들을 수 있습니다.

만약 행복의 타임머신을 타고 미리 경험하고 싶다면, 자신과 가장 비슷하게 살고 있는 선배를 찾아 오늘의 행복에 대하여 물어보세요. 그것이 바로 여러분의 십년 후, 행복의 주제와 비슷할 것입니다.

✦ 행복공식

행복을 벤치마킹할 수 있는 선배가 있다면 식사를 대접하며 그의 이야기를 들어보세요. 그 안에 당신의 십년 후 행복이 숨어 있고, 그를 통해 해답을 찾을 수도 있을 것입니다.

자신을 믿어야 한다

사람이 행복하지 못한 이유 중의 하나는 불확실한 미래가 걱정되기 때문입니다. 그러기에 끊임없이 계획하고 준비하는 과정에서 아쉽게도 진짜 중요한 것들을 놓치고 살아가지요. 고등학생들이 행복하지 못한 이유는 원하는 대학교에 가지 못할까봐 걱정되어서이고, 대학생들이 행복하지 못한 이유는 취업이 걱정되어서입니다. 그러면 졸업 이후에는 '걱정 끝, 행복 시작!'이 되어야 마땅하지만 그렇지 않았습니다. 결혼문제, 자녀 문제 등 새로운 문제들이 우리 앞에 끊임없이 나타나기 때문에 미래에 대한 준비로 한 세상을 다 보내는 것 같습니다.

"나뭇가지 위에 있는 참새는 나무가 부러질 것을 걱정하지 않습니다. 자신의 날개를 믿으니까요"

이 말을 듣고 어떤 생각이 드십니까? 나무라는 사회 환경에 너무 의지하여 살고 있는 자신이 느껴지시나요, 아니면 날개를 펴고 있는 당신이 보이시나요?

아마 많은 분들이 자신이 새라고 생각하더라도 자신이 날개를 가지고 태어났다는 것을 잊고 살아갑니다. 우리는 누구나 자신의 인생을 개척하고 행복할 수 있는 힘을 가지고 태어났습니다. 하지만 수많은 나뭇가지들이 있는 우리를 둘러싸고 있어서 날개를 제대로 펼 수 없었지요.

하지만 남들이 가지지 못한 행복을 느끼고 살아가기 위해서는 우리는 날개를 믿고 절대 떨어지지 않는다는 자신감을 가지고 살아야 합니다.

때로는 미쳤다는 소리를 들어도 좋습니다. 굳이 사회라는 나뭇가지에 가려 자신의 날개를 펼 기회조차 포기할 필요는 없습니다. 미쳐도 좋으니 자신이 정말 하고자 하는 일을 지금이라도 한번 해보는 것, 그것이 진정한 용기이고 자신을 믿는 행복한 모습입니다.

✦ 행복공식

나무에서 떨어져 죽은 새를 본 적 없습니다. 새는 날개가 있으니까요. 우리의 날개를 오늘부터라도 펼 수 있다면 우리 역시, 희망의 나뭇가지에서 절대 떨어지는 일은 없습니다.

1/3 법칙만 기억하라

세상에는 소위 자신과 코드가 맞는 사람이 있습니다. 무엇을 하더라도 대충 눈치만으로 그 사람이 하고 싶은 말이나 행동을 금세 알아봅니다. 정말 오랫동안 같이 있어도 편하고 시간 가는 줄 모릅니다. 하지만 또 어떤 사람은 정반대입니다. 몇 차례 말을 해도 못 알아듣고 다른 쪽으로 생각을 하는 경우가 있지요.

"왜 세상 사람들 하나같이 모두 나와 맞지 않느냐" 면서 투덜거리는 친구를 보았습니다. 최근 몇 달 동안 만난 사람들이 모두 자신의 코드와 안 맞는다는 것입니다. 몇 달 전까지는 아무 문제가 없었고 만나는 사람도 좋았는데 뭐가 문제인지 모르겠다고 하소연하였습니다. 자신에게 문제가 있다고 생각할 수도 있겠지만, 이 문제를 다른 각도에서 살펴보겠습니다.

1/3법칙이란 것이 있습니다. 세상에는 자신을 좋아해주는 사람, 그냥 보통 관계인 사람, 그리고 싫어하는 사람이 각각 1/3씩 있다는 법칙입니다. 과연 이 말이 법칙인지는 모르겠습니다. 사람에 따라 비율이 달라질 거라는 생각이 들지만, 평균적으로 1/3씩이라면 우리에게 위안이 되는 것은 확실합니다.

아무리 강의를 잘해도 강사를 좋아해주는 사람과 그냥 고마워하는 사람이 있지만, 싫어하는 사람이 무려 1/3이나 될 수 있다는 뜻이겠지요. 그렇다면 한두 명의 볼멘소리나 불만을 듣더라도 그 역시 1/3 중 한두 명뿐이구나라는 생각에 오히려 감사할 수 있습니다.

또한 최근 만나는 사람들이 전부 마음에 들지 않는다면, 자신과 맞지 않는 사람들인 1/3의 사람들이 이 시기에 당신에게 다가온 것이라 생각하면 됩니다. 머지않아 당신을 좋아해줄 사람의 1/3이 기다리고 있을 테니까요.

이 글을 보는 어떤 분은 1/4 또는 1/2의 비율로 구분할 수도 있을 것입니다. 자신을 좋아하지 않는 비율이 얼마가 되었든 간에 중요한 사실은 어떤 사람이든 안티가 있을 수밖에 없다는 것이고 그것을 그냥 받아들이면 된다는 것입니다. 그것에 신경 쓸 필요가 전혀 없습니다.

연예인도 정치인도 누구나 그 사람을 싫어하는 사람이 있습니다. 하지만 연예인들이나 정치인들은 자신의 안티보다 자신을 사랑해주는 사람에게 더 집중하고 있습니다. 오랜 세월을 겪은 선배 연예인들과 정치인들의 가르침인 것이죠. 만약 이들이 부정적인 1/3에 신경을 쓴다면 자신의 매력을 잃고 결국엔 자기를 좋아하는 팬들까지 잃게 될 것입니다.

만약 지금 누군가로 힘들다면, 저 사람은 1/3 중에 한 명일 뿐이라고 생각하고 그냥 넘기시면 됩니다.

✦ 행복공식

1/3의 사람이 누구인지 확인할 필요가 없습니다. 자연스러운 기회가 되면 피자 조각처럼 선명히 드러날 테니까요. 자신이 아무리 노력하더라도 어차피 1/3은 존재합니다. 그러니 오늘 마음껏 행복하십시오.

술이 땡기는 날

갑자기 술이 생각나는 날입니다. 가만히 생각해보니 술을 안 마신 지가 몇 주 지났네요. 몇 주 전에는 술 마실 일이 너무 많아서 간이 피곤하다며 신호를 연신 보내왔는데, 요즘 간에서 따로 신호가 오지 않고, 오히려 주신(酒神)이 내려오시는지, 술집에서 저에게 손짓하는 것 같습니다.

남들이 보면 술을 많이 마실 것처럼 보일지 몰라도 저는 술을 거의 하지 못합니다. 소주 2잔이면 얼굴이 발그스름해지죠. 약주를 전혀 못하시는 아버님은 제사를 지내고 복주 정도로도 취기를 느끼실 정도니 유전적으로 저는 알코올 분해 능력이 낮은 것 같습니다. 하지만 술이 땡기는 날은 분명히 있습니다.

여러분은 어떨 때 주로 술자리를 만드시나요? 저는 오늘처럼 생각이 많은 날, 이성적으로 정리가 되지 않는 날이면 혼자 조용히 머물 술집을 찾으려 합니다. 예전 같으면 혼자 술 마시는 것은 생각도 하지 않았겠지만, 요즘 들어 혼자 마시는 '혼술'도 제법 그 나름의 재미가 있습니다.

동네 친구가 아니라면, 같이 마시기 위해서 먼 거리를 와야 하고, 안주나 주종의 선호에도 다소 차이가 있을 수 있으나 혼자라면 그러한 걱정은 없기 때문이죠. 단지 하나, 이미 여러분들도 눈치 채셨겠지만, 혼자 술 마시는 모습을 누군가 볼까봐 신경이 쓰이지요.

'왜 술을 혼자 마실까? 무슨 일이라도 있는 건가?' 이러한 불필요한 오해를 받지 않기 위해서 우리들은 술동무를 급히 구합니다. 오늘처럼 급히 술이 땡기는 날은 말이지요.

일본에는 혼자 술을 마실 수 있는 술집이 많이 생겨나고 있다고 합니다. 혼자 마셔도 전혀 어색하지 않은 그런 곳도 필요하다 생각합니다. 혼자만의 생각을 정리하고 취중에서 나온 답이 가끔씩은 이성을 거치지 않고 본성에서 나온 말이기에, 아무런 이해타산 없이 나온 답이기에 저는 그러한 답을 좋아하기도 합니다.

생각이 필요한 날, 아무런 기약 없이 사라진 포장마차의 옛 기억을 떠올리며 집앞 실내포장마차에서 고등어구이에 소주 한잔으로 행복을 마셔보는 것도 좋을 것 같습니다.

✦ 행복공식

술이 무조건 나쁜 것은 아닙니다. 편안한 공간과 사색이라는 안주가 있다면 술은 생각의 틀을 허무는 약주가 될 수 있습니다.

지금 있는 그대로 행복하라

무엇이 있으면 좋겠다라고 바라면 그 무엇이 이루어지고 난 후에는 또 다른 무엇이 생겨납니다. 그렇기에 선인들은 욕심을 작게 가지면 좋다고들 말합니다.

오늘 여러분들이 가지고 있는 바람은 무엇인가요?
아마 나이에 따라 다르겠지만 아이들의 바람을 가만히 들여다보면 정말 아무것도 아닌 일이 많습니다.
근래에 들어 준비해야 할 일들이 많아지고 사람들과의 만남의 시간이 길어지다 보니 아이들과 함께하는 시간이 줄었습니다. 지인들과의 모임이 길어질 듯하면 초등학교 4학년인 딸은 제게 전화를 걸어 물어봅니다. "언제 오세요? 술 많이 드시지 마세요" 언제부터인가 아내보다 더 잔소리가 심해집니다.
그러다가 늦는 날이 며칠 반복되면 아이들의 반응

이 심각해집니다. "아빠는 우리보다 일이 더 좋아요?" 이 말을 들으면 저를 포함한 대부분의 아빠들은 뜨끔하면서 주말에 가족들과 어디라도 가야겠다는 생각이 들게 됩니다. 하지만 요즘 제가 느낀 것 중 하나는 아이들의 바람은 그리 크지 않다는 것입니다. 아직 세상을 잘 모르고 어른들의 놀이 문화를 몰라서 단순하고 순수하기만 합니다.

저희 아이들은 제가 돌아오면 제일 하고 싶어 하는 놀이가 있습니다. 바로 '잡기놀이와 숨바꼭질'입니다. 11살이 무슨 숨바꼭질이냐고 하시겠지요. 저희 아이들 역시 얼마 지나지 않아 이 놀이가 재미없어질 것이라는 것을 알고 있지만, 아빠와의 추억, 아빠와 함께하는 시간을 가지고 싶어 하는 것 같습니다.

한 10분 정도 집안 온 구석구석을 뛰어다니면 이마에 땀이 송골송골 맺힙니다. 그러면 아내의 잔소리가 시작됩니다. 다 씻고 이제 자면 되는데 왜 또 아이들 땀나게 만드냐구요. 하지만 그런 잔소리조차 웃음으로 대답하고 저는 아이들과 함께 소곤소곤 이야기를 나눕니다.

아이들의 바람이 그리 큰 것이 아니듯, 아마 우리 부모님의 바람도 그리 크지 않을 것 같습니다.

새로운 집으로 이사를 보내드리거나 좋은 차를 사

드리는 것이 아니라, 하루 5분이라도 따뜻한 전화 한 통, 주말이나 한 달에 한번이라도 좋아하는 식당에 모시고 가서 따뜻한 밥 한 그릇 대접하는 것이 부모님의 진정한 바람일 것입니다. 값비싼 식사가 아니라 국수 한 그릇이라도 하자고 찾아오는 제자의 마음에 더 감동하고 행복해지는 교수처럼 말이죠. 본래 우리가 바라는 행복은 그리 대단하지 않은가 봅니다.

우리는 있는 그대로, 지금 있는 그 자리에서 다른 사람을 사랑해야 합니다. 때를 기다리거나 무엇을 마치면 한다는 식의 조건부는 끝이 없다는 것을 믿고 바로 지금 시작하십시오.

행복은 때로는 너무 오래 기다리는 것을 싫어할 수도 있습니다.

✦ 행복공식

행복은 지금 있는 그대로에서 시작하세요. "나중에 ~하면"이라는 말은 더 이상 하지 않기로 합시다.

생각하는 대로 이루어지는 끌어당김의 법칙

생각을 하는 그대로 이루어진다면 얼마나 멋지고 살기 편할 것인지 상상만 해도 재미있습니다. 사람들은 그렇게 사는 삶이 어디 있냐고 반문하겠지만 가만히 생각해보면 정말 생각하는 대로 되는 경우가 참 많습니다. 실은 그 끌어당김의 법칙을 잘 알고 있는 사람들은 소위 말하는 성공한 사람, 행복한 사람이지요. 나는 그런 것과 거리가 멀다고 생각하지 마시고 제가 하는 말을 한번 들어보세요.

오늘 점심 식사 때 무엇을 드셨나요? 아마 대부분 오늘 또는 며칠 전부터 먹고 싶었던 음식을 먹었을 것입니다. 혹 좀처럼 먹기 힘든 음식을 먹었다면, 그 역시 당신이 생각했었던 음식이겠고요.

저는 오늘 점심으로 짜장면을 먹었습니다. 왜 먹었을지 가만히 생각해보니, 어제 텔레비전에서 짜장면에 대한 이야기를 보고 먹고 싶다는 생각을 했기 때문이죠.

여행도 그렇습니다. 최근 당신이 다녀온 여행지의 선택은 누가 한 것입니까? 친구나 가족의 선택일 수 있으나, 그 역시 가만히 생각해보면 당신의 의지, 생각이 근본에 깔려있었습니다.

이제 좀 다른 끌어당김의 예를 생각해 보겠습니다.

저는 행복학교를 만들겠다고 결심한 후에 필요한 것들을 생각해보았습니다. 먼저 홍보용 웹진, 전단지, 명함, 강의장 등등 할 일이 한두 가지가 아니었습니다.
그러나 이러한 생각을 하고, 도움을 간절히 우주에 바라고 기도한 후 한 가지씩 일이 해결되었습니다. 제일 먼저 강의장을 대학원 동기 분께서 흔쾌히 무상으로 대여해 주시기로 한 것입니다.
그 강의장은 깨끗하게 지은 새 건물에 작은 방송국 스튜디오처럼 완벽한 시설을 갖춘 곳이었습니다. 또한 저의 집에서 10분도 걸리지 않는 곳이어서 거리에 대한 부담도 없었습니다. 주차장이 협소한 점은 좀 걱정되었으나, 이 또한 며칠 지나지 않아 강의장 건너편 식당이 제가 강의하는 날은 휴무라 하여 주차하면 된다는 소식을 듣고 참 감사하게 생각되었습니다. 명함, 전단지 역시 행복학교를 한다는 소식을 들은 출판사에서 흔쾌히 도움을 주셔서 일사천리로 며칠 만에 멋진 홍보물을 받을 수 있어 감사했습니다.

한 가지 재미있는 것을 더 말씀드리면 블로그를 좀더 예쁘게 만들고 싶었으나, 제 능력에 한계가 있어 어떻게 할까 고민하던 중 예전 블로그를 배웠던 선생님께 도움을 청하였더니 또한 흔쾌히 도움을 주시고 행복학교까지 수강하신다고 하였습니다. 이렇게 행복학교는 여러 사람의 도움으로 만들어졌습니다.

또한 앞으로도 세상 사람들에게 행복을 전하는 학교가 될 것입니다.

무엇이든지 생각하는 대로 됩니다. 만약 자신이 원하는 것이 있다면 지금 눈을 감아보십시오. 그리고 그 바람이 무엇이든지 아무런 부담도 가지지 말고, 안될 거라는 생각도 가지지 말고, 그 꿈이 이루어진 행복한 순간을 그려보십시오. 그 그림은 뇌에 그대로 각인되고 시간이 지난 후에 자연히 그 꿈은 이루어질 것입니다.

당신이 그 무엇을 생각하더라도 가능합니다. 행복하고 싶다면 그냥 막연히 행복하다는 생각보다, 자신이 무엇을 하고 있으며 행복하다는 구체적인 느낌을 가질 수 있는 생각이 더 도움이 됩니다. 예를 들어 멋진 차를 사고 싶다는 바람이 있다면, 눈을 감고 벤츠를 타고 그 부드러운 핸들을 잡으며 창문을 열고 산들바람을 맞으며 은은한 음악이 들려오는 모습을 상상해보십시오. 머지않아 그 꿈은 바로 여러분의 일상이 되어 있을 것입니다.

✦ 행복공식

지금까지 잘 되지 않은 것이 있다면 그것은 당신이 절실히 끌어당기지 않았기 때문입니다. 끌어당기면 노력도 같이 생겨나게 됩니다.

인간은 망각의 동물, 그 또한 행복하다

인간은 지구상에 존재하는 생명체 중에서 가장 기억력이 좋다고 합니다. 사람에 따라 기억하는 양과 그 기간은 다르겠지만 일반적으로 기억력은 직립보행을 하는 것 다음으로 인간의 가장 큰 장점입니다.

여러분의 경험상, 학창시절 외웠던 내용은 수십 년이 흐른 지금도 잘 기억하지요? 조선의 역사, 임금의 순서, 부모의 혈액형에 따른 자식의 혈액형 등 아마 앞으로 수십 년이 흘러도 기억할 것 같습니다. 하지만 그보다 더 가까운 과거에 배운 대학교 시험내용은 아마 지금 기억나는 것이 크게 없을 것입니다. 고등학교 시절 배웠던 내용에 비하면 아마 1/5도 안 될 것입니다.

왜 그럴까요? 몇 년이라도 더 젊었을 때라서 기억력이 더 좋아서 그럴까요? 아닙니다. 그 이유는 간단합니다. 고등학교 때는 대학입학시험을 위해 같은 내용을 3년 동안 계속 반복해서 공부하였고, 대학교 시절에는 어떠한 목표보다는 한 한기 시험성적을 위해 기껏해봐야 6개월을 공부하기 때문이지요. 이처럼 얼마나 반복하느냐에 따라 기억의 길이는 다릅니다. 평생 운전을 하던 사람이 다리를 다쳐 몇 달간 누워 있었다고 해도 퇴원하고 집으로 가는 날 바로 운전할 수 있는 것은 그간의 반복했던 기억이 있기 때문이지요.

하지만 살아가면서 잊혀지는 것 또한 그리 부정적으로 볼 것은 아닙니다. 더 이상 공부를 열심히 해서 시험을 칠 상황만 아니라면 살아가며 잊혀짐 또한 행복으로 생각하여도 됩니다.

몇 해 전 부모님과 여행을 다녀왔습니다. 저에게는 참으로 좋았던 기억으로 남아있습니다. 시간이 흐르고 이제 기억이 가물가물해서 좋았었던 기억만 있기에 부모님과 함께 그곳을 다시 찾아 기쁨을 되살리려 합니다. 만약 그 기억이 아직도 너무나 선명하다면 다시 갈 이유가 적어지겠지요.

좋았던 식당을 다시 찾고 추억을 더듬는 것 역시 기억이 흐려지기 때문에 회상하고자 가는 경우가 많습니다. 사랑하는 사람과 옛 추억의 장소를 다시 가보는 것, 잊혀짐이라는 행복이 있기 때문인 것 같습니다.

나쁜 기억 역시, 잊혀지는 것이 얼마나 다행인가요. 시간이 지나서 잊혀지는 기억 중에 제일 좋은 것은 힘들었던 시절, 마음에 상처로 남은 기억들일 것입니다. 누구나 상처를 안고 살아갑니다. 하지만 그 상처를 극복하고 얼마나 더 잘 사는지는 과거를 얼마나 잘 정리하였느냐가 좌우합니다. 그런 의미에서 보면 저는 참 행복한 사람입니다. 지나간 것은 너무나 잘 잊습니다. 심지어 어제 무엇을 했는지도 다이어리를 보고 기억할 정도니 오늘만의 행복을 위해 살아가기 너무 쉽습니다. 오늘의 행복만을 생각하고 살다보면 오늘이 모여 한 달이 되고 일 년이 되겠지요.

아마 여러분들은 저보다 더 기억력이 좋으실 테니 오랜 기억들을 하나둘씩 가지고 있을 겁니다. 하지만 그 기억들 중, 아픔이라는 모양의 기억들은 이제 놓아주십시오. 자연스럽게 떠나갈 수 있도록, 새로운 아픔이 오더라도, 스스로 되새김질하여 과거의 기억까지 되살리지 않도록 말이지요.

　행복하려면 과거를 잊는 것도 참 좋은 습관입니다. 마음속에 들어있던 냄새나는 안 좋은 기억들은 이제 버리세요. 창문도 활짝 열고 환기시켜 보세요. 행복이 새로운 산들바람을 타고 들어올 것입니다.

행복을 설정하라

초대를 받아 나간 한 모임에서 아주 재미있는, 그러나 의미 있는 이야기를 들었습니다.

나오신 분들의 대략적인 나이는 50대 초반의 남성과 여성분, 하지만 50대라고 하면 믿기지 않을 정도로 동안의 얼굴에 운동으로 단련되어 보이는 몸매까지 가지고 있었습니다. 특히 그중 한 분의 뒷모습만 보면 20대라고 할 만큼의 날씬한 몸매에 미니스커트를 입고 계신 모습과 얼굴에는 시종일관 미소가 가득하여 주름조차도 잘 보이지 않았습니다. 이 정도면 "세상에 이런 일이"라는 프로그램에 나가도 될 정도라고 생각하였으니까요.

한두 시간의 이야기가 오고간 후에 그분은 해외유

명브랜드 골프숍을 운영한다는 것을 알았습니다. 요즘 같은 불경기, 영업이 어렵지 않느냐는 질문에 그분은 굳이 힘들게 직접 홍보하지 않아도 내가 하는 일이라면 사람들이 알아서 찾아온다는 말에 그 이유가 궁금했습니다.

그 분의 말인즉,

"사람들은 골프가 궁금해서 나를 찾아오는 것이 아니라, 사람들이 부러워할 만큼 내가 예쁘게 입고, 늘 행복하게 다니니까 궁금해서 어떻게 하면 나처럼 살 수 있는지를 알고 싶어 하기 때문에 찾아옵니다. 그때 나는 내가 하는 일을 설명하고 좋은 것을 권합니다. 그들도 나처럼 되고 싶어 한다면 함께하고 따라하면 나처럼 됩니다."

참으로 멋진 마케팅 발상입니다. '백번의 말보다 한번 보여주는 것이 낫다'라는 말이 있는 것처럼 자신이 직접 보여줌으로써 남들의 시선과 관심을 끌 수 있다면 가장 효율적인 마케팅전략이 아닐까 합니다.

만약 헬스클럽을 운영하시는 분이 그냥 운동으로 단련된 몸매가 아니라, 머리부터 신발까지 정말 자신을 아름답게 꾸민 분이라면 그분을 닮아가기 위해서 많은 분들이 그분의 헬스클럽을 갈 것입니다. 이 생각이 들고 난 후, 행복 역시도 너무 진지한 것보다는 자신을 아름답게 꾸미고 적극적으로 행복을 부를 때 행복도 찾아올 것이라는 생각이 들었습니다. 실제로 지금은 행복하지 않더라도 자신을 위해 전에는 잘 하지 않았더라도 머리를 예쁘게 손질하고 예쁜 옷도 사 입고 신발도 새로 사보는 것이 참 좋겠습니다. 자신이 아직 내면적인 행복이 성숙되지 않았다고 생각될 때는 행복한 외적 환경을 스스로 만들어 주는 것도 좋겠습니다.

지금 바로 거울을 보십시오, 거울 속 당신은 어떠한가요? 새치가 늘어 흰머리가 귀까지 내려왔나요? 입고 있는 옷이 너무 낡지는 않았나요? 자존감이 아주 높은 사람을 제외하고는 남들이 보는 당신의 행복의 수치는 외모에 많이 의지하고 있다는 생각을 하시고 오늘부터라도 당신을 꾸미는 일에 조금은 노력해 보지 않으시겠습니까?

"우와 오늘 옷이 멋지네요. 오늘 헤어스타일도 예술이네요. 오늘 어디 가세요? 요즘 좋아 보여요"라는 말을 많이 들으면 들을수록 우리는 더욱 행복하다고 느끼고 자신을 더 사랑해야겠다는 마음이 들 수 있습니다. 어렵지 않습니다. 오늘이라도 한번 시도해 보세요.

✦ 행복공식

스스로 생각할 때 자신이 지나치게 심각하다거나 무겁다고 생각하면 지금 당장 가장 밝은 옷을 사러 시내로 나가서 마음에 드는 옷을 사십시오. 자신을 예쁘게 꾸밀 때 행복도 함께 올 수 있습니다. 그리고 이왕이면 빨간색을 사세요.

희망이 있으면 오늘의 행복은 더 커진다

세상에는 참으로 여러 가지 직업들이 있습니다. 직업들을 가만히 살펴보면 예전부터 인기 있는 안정적인 직업부터 육체적으로 힘든 직업까지 참으로 다양합니다.

부모님 세대에서는 좋아하는 직업과 그렇지 못한 직업군이 매우 구체적으로 나누어져 있었습니다. 소위 '사농공상'이라 하여 글과 함께하는 문인이나 선생님이 최고의 직업이었고, 그 다음으로 농업이 주된 생활터전이었던지라 농민들이 두 번째, 그리고 물건을 만드는 사람, 마지막으로 상업을 하는 사람으로 나누었습니다. 그러한 이유로 비록 선생이란 직업이 다른 직업에 비해 돈을 많이 벌지는 못한다 할지라도 그러한 분들을 존중해왔습니다. 그리고 노래를 부르거나 공연을 하는 사람들의 일에 대하여 못마땅하게 생각하여 자식들이 행여나 연예계로 빠질까봐 걱정하는 부모님들도 적지 않았습니다.

하지만 과거 50년 전과 비교할 때 현재는 어떤가요? 친구들 중에 늦은 나이 고생 끝에 변호사 시험에 합격하여 변호사가 된 친구가 있습니다. 예전이면 동네가 떠들썩할 정도로 마을에서 경사 났다면서 잔치를 하고도 모자랄 일이었지만, 변호사의 공급이 수요에 비하여 많은 관계로 예전만한 인기가 없는 것이 사실입니다. 그리고 한의사 역시 시대의 변화로 경기가 너무 좋지 않아 건물세조차 내지 못해 페이닥터로 다른 병원에서 일하는 친구들도 있습니다.

제4차 산업혁명에서 빅데이터의 결과, 변호사나 의사라는 직업을 포함한 우리가 알고 있는 많은 직업들이 향후 20년 후에는 많이 없어질 것이라는 분석을 내놓고 있습니다. 이처럼 과거 50년 전과 비교했을 때 소위 말하는 잘나가는 직업이 오늘의 재미없는 직업이 되고, 현재 생각지도 못한 직업들이 향후 50년 후에는 각광을 받는 직업군이 되어있을 겁니다.

이 말을 거꾸로 해석해 보겠습니다. 어쩌면 오늘 같은 화창한 날, 친구들과 여행가는 것을 미루고 내일을 꿈꾸며 도서관에서 또는 강연장에서 시간을 보내고 계시는 당신이라면, 비록 오늘은 힘들지라도 당신의 미래는 너무나 밝습니다. 우리 학생들에게도 하는 이야기가 있습니다. '남들처럼 지금 생각 없이 살아간다면 여러분은 사라지는 직업 속에서 자존감을 잃어가며 힘들게 살아갈 수 있다. 그러니 10년 후를 생각하고 남들이 가지 않는 길을 즐겁게 준비하고 걸어가야 한다'고 말이지요.

남들이 가지 않은 길을 가는 것은 일반적으로 힘듭니다. 산길 풀숲을 헤치고 길을 만들어가는 것이지요. 하지만 그러한 길을 가야만 앞으로 자신만의 길이 만들어집니다. 그러니 지금 비록 힘들더라도 남들이 수십 년 전 만들어놓은 길을 무턱대고 따라가지 마십시오.

지금 나이가 얼마이든지 아직 지천명의 나이조차 되지 않았다면 우리는 아직 인생의 전반전도 마치지 못한 상황입니다. 지금 여러분의 길을 조금씩 만드세요. 반드시 그렇게 되어야 하고, 그 길이 힘든 것은 당연합니다. 하지만 힘든 만큼 후반전에는 남들보다 더 많이 웃을 것입니다.

남들이 만들어 놓은 길만 편하게 가면, 남들이 만들어 놓은 길이 막혔을 때 당신의 길을 만들 수 없게 됩니다. 지금 힘든 것은 당연합니다. 왜냐하면 당신은 남들과 조금은 다른 길을 스스로 만들고 있기 때문입니다.

하루 1440분 중 정말 나에게 소중한 시간은 얼마나 되나?

하루 24시간을 분으로 계산해보면 1440분입니다. 이 1440분으로 우리는 잠도 자고 밥도 먹고 여러 가지 일들을 합니다. 사람이 컴퓨터가 아닌지라 모든 시간을 정확히 계산하지도 않고 일을 처리할 때 매일 같은 순서를 지켜가며 처리하지도 않습니다.

만약 벽장에 걸린 뻐꾸기 시계처럼 같은 시간에 나와서 밥을 먹고 들어가 잠을 자는 일을 되풀이한다면, 시간적 통일성은 있을지 몰라도 배가 고프지 않더라도 먹어야 하고 잠을 자기 싫어도 자야하기에 개인의 감정이나 느낌은 사라지게 되겠지요.

오늘 제가 이야기하고 싶은 내용은 하루 1440분 중

에 얼마나 자신을 위해 시간을 사용하는가입니다. 빈 종이를 꺼내고 여러분들이 정말 해야 하는 일, 하고 싶은 일을 적어보세요. 어떤 것들이 있는지요? 당장 해야 하는 업무나 일 이외에 주로 적은 일들을 보면, 마치 버킷리스트와 같이 부모님께 인사드리러 가기, 아이들과 시간 오래 보내기, 운동 시작하기, 감사일기 매일적기 등등 여러 가지가 있을 수 있습니다.

하지만 그러한 일들을 매일 하는 사람이 있는가 하면 그러지 못하는 사람들이 오히려 더 많습니다. 물론 저 역시 마찬가지입니다. 다이어리 한 쪽에 적은 할 일을 다른 장으로 넘겨야 할 때까지 못하는 날이 비일비재하니까요.

한 가지 예를 들어보겠습니다. 만약 감사 일기에 대한 강의를 듣거나 책을 보고 난 후, 일기를 매일 적기로 결심했지만 못하였다면 그 이유는 무엇일까요? 정말 시간이 없어서일까요? 보통은 그렇게 생각하기 쉽겠지만, 자세히 생각해보면 그렇지 않습니다.

시간이 없어서가 아니라, 다른 우선순위에 밀리고 의지가 부족했기 때문이지요. 감사일기를 써야 하지만 친구들이 불러서 차 한잔, 술 한잔 하다 보니 늦어서 내일로 미루었고, 너무 피곤하다는 이유로 써야 한다는 의지가 부족해서 못 쓰게 된 것이겠지요.

하지만 눈을 감고 조용히 생각해보면, 감사 일기를 쓰는 시간은 5분도 채 걸리지 않습니다. 1440분의 시간 중 5분의 시간은 정말 사소한 시간에 불과합니다. 우리가 의미 없이 스마트폰과 보내는 50분의 시간에는 부담을 느끼지 않으면서 5분, 자신과의 약속의 시간은 잘 지키지 못하는 셈이 되는 것이지요.

하루 몇 분의 시간, 1440분의 시간에 비하면 그리 의미 있는 큰 시간이 아닙니다. 대한민국 성인들이 하루 평균 4시간 이상 스마트폰을 본다고 하는 뉴스를 보면 우리가 정말 중요하게 생각하는 것이 무엇인지 잊고, 남들의 이야기에 너무 많은 시간을 보내는 것 같습니다.

지금 이 페이지를 다 읽지 않더라도 스마트폰에서 손을 떼고 자신이 하고자 하는 일을 당장 시작해보는 것은 어떨까요?

✦ 행복공식

그 무엇이 되었든지 자신이 정말 행복해질 5분, 자기계발에 필요한 5분이라는 시간은 어쩌면 하루 1440분의 시간 중에 가장 소중한 시간일 수 있습니다.

시련은 신이 가져다주는 행복의 포장이다

아내가 아침에 시장까지 태워달라고 합니다. 차가 있지만 운전을 잘 하지 않아서 제게 차를 태워달라고 부탁을 하곤 하죠. 마침 오늘은 시내 교보문고에 나가 책도 볼 겸, 흔쾌히 집사람과 함께 집을 나섰습니다. 일기예보에서는 장맛비가 저녁부터 내린다고 하고, 역시 하늘도 맑지 못한 얼굴입니다. 아내에게 우산을 건네면서 2시간 후에 보자는 말과 함께 내려주고 시장 근처인 교보문고에 들어왔습니다.

평일 이른 아침인데도 주차할 곳이 없을 정도로 서점엔 사람들이 많습니다. 저마다 이런저런 책을 보고 있습니다. 서점에 오면 저는 주로 3층 자기계발코너로 향합니다. 에스컬레이터를 타려고 발을 올리려는 순간, 어디선가 본 듯한 뒷모습이 저의 시선을 사로잡았습니다.

"저 혹시…" 말을 건네어보니 뒤돌아보는 그 사람은 역시, 제가 아는 A 선생님이었습니다. 나이는 동갑이지만 회사일로 늦게 대학공부를 한 저의 학생이기도 한 친구 같은 분이죠. 졸업한 지 몇 년이 지나도 정감 있는 목소리로 안부를 묻기도 하고, 가끔 술 한 잔을 권하기도 하는 성격이 좋은 분이지만, 얼마 전 몸이 안 좋다는 소식을 들었습니다. 그래서 잠시 시간을 내어 서점 내 커피숍에서 잠시나마 그간의 이야기를 들을 수 있었습니다.

"20년 가까이 일한 회사에서 너무나 억울한 일을 당해 최근 스트레스를 많이 받았습니다. 그러던 중 본사의 어처구니없는 오해에 스트레스는 극도로 올라갔고 억울함에 집으로 돌아오는 중에 심한 어지럼증을 겪고, 신체에 이상을 느끼고 거울을 보니 얼굴 근육이 처지고 있다는 것을 알았습니다. 놀란 마음에 병원을 찾았고 다행히 골든타임의 시간, 3시간 안에 수술까지 마쳐서 지금은 거의 정상의 얼굴로 돌아왔습니다."

몇 주간의 입원이었지만, 이 일은 인생에서 엄청난 시련이었다고 합니다. 마치 SF영화에 나오는 것처럼 얼굴근육이 늘어질 때 들었던 생각이 무엇이었냐고 물어보자, "죽는 것은 조금도 겁나지 않았지만, 이 얼굴로 살아갈 걱정이 더 들었다"고 대답하였습니다.

A 선생님은 이러한 시련 덕분으로 많은 것을 얻었다고 합니다. 비록 지금은 회사에 병가를 내어 출근은 못 하고 있지만 아직 돌아갈 회사가 있고, 얼굴도 회복되었으며, 덕분에 술도 끊고 운동을 하여 몸무게가 10Kg이나 빠졌다고 합니다. 무엇보다 큰 것은 삶을 바라보는 관점이 달라졌다는 것이라고 합니다. 정말 무엇이 소중한지를 알았다는 것이지요.

저 역시 그렇지만, 누구나 살아가면서 힘듦을 겪는 순간이 있습니다. 그 시간이 수년이 지나면 순간처럼 짧게 느껴지겠지만, 그 시련의 과정은 아주 길고 긴 시간으로 느껴질 수 있습니다. 우리가 그 순간을 잘 이겨내고 슬기롭게 넘어설 때 삶을 바라보는 여유도 생기고 아주 작은 사소한 것에도 감사함을 느낄 수 있을 것입니다.

지금 당장 눈앞에 있는 스트레스나 걱정도 무시할 것은 아니지만, 아주 멀리서 인생을 바라본다면 그리 화나거나 걱정할 일도 아님을 언젠가는 알 수 있을 것입니다.

✦ 행복공식

　힘들다는 생각이 들 때면 지금의 일들이 나이 80이 되었을 때도 힘든 일인가 생각해보세요. 대부분 그렇지 않다고 생각할 수 있습니다.

버스는 15분마다 온다

저에게도 소위 말하는 절친이 있습니다. 그중 한 명을 소개하겠습니다. 이름은 택, 현재 대학교수로 있는 친구입니다. 처음 영어 모임에서 인연이 되었으나, 5년이라는 시간이 흐르자 어느새 서로의 마음을 너무나 잘 아는 사이가 되었습니다. 이 친구는 외국인이라고 하기엔 너무나 한국사람 같은 외국 사람입니다. 굴국밥을 먹자고 식당에 가면 청양고추나 마늘을 저보다 더 잘 먹기도 하고, 한국 사람의 정서와 한에 대하여 심취하여 몇 년 전에는 저와 함께 학회에 논문을 발표하기도 하였습니다.

이렇게 마음을 나눌 수 있는 친구가 있어서 행복합니다. 제가 몇 해 전 이사를 가서 이제는 가까운 거리가 아님에도 불구하고 우리는 일주일에 한 번은 만나 저녁식사를 하고 차를 마시며 이야기를 나눕니다. 어제도 설렁탕에 불러진 배를 두드리며 한참 웃다가 커피숍에서 에스프레소를 마시며 담소를 나누었습니다.

어제의 화두는 자존감이었습니다. 제가 택에게 물어보았습니다.

"자존감이 낮아지면 사람들과의 관계도 나빠질 수 있는 것 같아. 넌 어떻게 생각해?"

택은 말합니다. "자존감이 낮아지면 한 순간에 사람들이 자신을 무시한다고 생각해서 모든 이들이 적이 될 수도 있어. 하지만 가만히 생각해보면 자존감이 낮아진다고 해서 그동안 자신이 쌓아놓았던 것까지 모두 잃어버리거나 사라지지는 않아, 다만 자신이 그것을 못 느낄 뿐이지."

자존감 역시 자신의 마음가짐일 뿐입니다. 알게 모르게 근래에 자존감이 떨어진 기분이 들었다면 가만히 생각해보세요. 지금까지 살면서 이루어 놓았던 많은 일들을 잊고 현재의 기분에서만 살았던 것뿐입니다. 하지만 과거의 성공, 행복한 순간들, 그것들을 다시 생각해내고 행복을 느낄만한 자격을 한 번 더 스스로에게 부여한다면 그것은 자존감을 높일 수 있는 비결이 될 수 있을 것입니다.

어떤 일에 실패하거나 고난에 부딪친다고 하더라도 그것 때문에 자존감이 낮아질 필요는 없습니다. 그동안 자신이 이룬 것, 잘한 일들도 분명 많을 테니까요.

저는 말이 나온 김에 한 가지 더 물어봅니다.
"만약 낮아진 자존감으로 나에게 찾아온 기회를 놓치면 어떻게 하지?" 택은 말합니다.

"Bus, every 15 minutes."
버스는 15분마다 옵니다.

기회는 언제나 우리 주변에 있었습니다. 하지만 기회가 좀처럼 오지 않는다고 느끼는 것은 혹시 자신의 준비가 부족했던 것은 아닐까요? 생각보다 기회는 우리 주위에 예전부터 준비되어 있었습니다.
만약 어제도 그 버스를 타지 못하고 지나쳐버렸다면 괜찮습니다.
우리 버스는 15분 후에 다시 올 테니까요.

자존감은 하루아침에 모두 사라지지 않습니다. 다만 자신이 그리 느낄 뿐입니다.

세상은 단순할 때 더 행복하다

일과를 마치고 늦은 시간 집으로 돌아왔습니다. 아이들과 아내는 잠자리에 들었는지 집안이 조용합니다. 살금살금 고양이 걸음으로 들어와 조용히 차 한 잔을 끓여서 제 방으로 들어옵니다. 아침에 정리를 못하고 급히 나간 탓에 책상 위 서류들이 자기를 잊지 말아달라는 것처럼 저를 빤히 쳐다보고 있습니다. 그런데 책상 중간에 제가 만든 서류가 아닌 종이 한 장이 올려져 있습니다. 자세히 보니 종이가 아닌 화장지 위에 글씨가 쓰여 있습니다.

아빠 사랑해요, 우리는 행복하다~
p.s. 이번 주 놀러가요, 그리고 술래잡기도 해줘!

딸아이가 쓴 편지입니다. 올해 11살이 되는 초등학

교 4학년.

아침마다 늦잠을 자서 학교에 늦는다고 엄마와 옥신각신하는 것을 제외하고는 마냥 귀엽기만 한 딸입니다. 쌍둥이인 오빠는 남자라 그런지 좀처럼 이런 편지나 쪽지를 남기지 않습니다. 하지만 표현력이 풍부한 딸은 가끔씩 이런 편지를 남기곤 하여 저는 버리지 않고 추억으로 따로 모아두기도 하지요. 제가 11살이었을 때도 아직 술래잡기가 재미있었는지는 기억이 잘 나진 않지만, 우리 쌍둥이들은 아빠와 함께 하는 술래잡기가 제일 재미있다고 말합니다.

오늘 제가 느끼는 행복과 감사는 아직 순수함이 있는 우리 아이들이 아빠를 기다리고, 아빠와 함께하는 시간을 행복이라 여기는 마음에서 시작되었습니다. 요즘 친구들을 만나 이야기하다보면 술기운에 하는 넋두리 중에 한 가지는 "더 이상 아빠의 자리가 없어진다"였습니다. 자식들을 위해서 열심히 일하고 주말에도 늦은 시간까지 일하기도 하지만, 아이들은 중학생이 되면서 친구들이나 엄마와만 이야기하고, 아빠만 왕따가 되는 기분이라는 것이었습니다. 친구들 한두 명의 이야기가 아니므로 특수한 상황은 아닌 것 같아 쓸쓸한 기분이 느껴집니다. 어쩌면 이러한 상황들이 사춘기, 성인이 되어가는 일반적인 과정일지라도,

아빠의 입장에서 보면 상당히 힘든 것은 사실입니다.

그러기에 저는 이 순간, 이 시간이 더욱 소중하게 느껴집니다. 아이들이 더 크기 전에 저와 추억을 최대한 만들어 놓고, 그 행복한 기억으로 사춘기로 가는 시절, 남들보다 조금은 거리감이 없는 상태로 아이들과 지내고 싶기 때문이죠.

어쩌면 이 또한 혼자만의 바람일지 몰라도, 바보 아빠처럼 오늘도 웃으며 아이들의 웃음소리에 감사하는 오늘 저녁이 저는 마냥 행복합니다.

✦ 행복공식

행복한 추억을 많이 만들어 놓으면 힘들 때 도움이 될 가능성이 높습니다.

남은 인생이 보인다면, 어떤 선택을 할 것인가

만약 자신의 생이 얼마나 남았는지 안다면 우리의 오늘은 과연 어제와 다를까요? 저는 당연히 180도 달라질 것이라 생각합니다. 자신의 생각, 행동, 사람들과의 관계도 모두 어제와는 확연히 달라질 것입니다. 아마 어제보다는 훨씬 더 부드러워지고, 그동안 하지 못했던 것들도 하려고 노력할 것입니다. 그러나 반대로 어떤 이들은 남은 날들이 생각보다 작아서 매일 불안해하고 하루하루가 가는 것만을 아쉬워하며 보낼 수도 있습니다.

오늘은 저희 행복학교 교감 선생님의 이야기를 잠시 나눌까 합니다. 그분을 소개하려고 하면 늘 웃음부터 납니다. 왜냐하면 늘 미소 짓고 있는 밝은 목소리가 생각나기 때문이죠. 그러한 이유로 다른 분에게 그 분을 소개하려고 하면, "아, 알아요, 그분. 늘 웃으시 는 여성분 맞으시죠?" 어쩌면 이렇게 다른 사람에게 쉽게 인식이 되어 있는지 제가 정말 본받고 싶은 분이 기도 합니다. 그런데 그런 교감 선생님이 한동안 연락 이 되지 않았습니다. 며칠째 걱정이 되어 알아보니 아 버님이 병으로 입원하셨다는 것이었습니다.

연세가 많으셔서 수술을 해도 어렵다고 병원에서도 퇴원을 권했다는 소식을 듣고 어떻게 위로를 해드려 야 할지도 몰랐습니다. 그러던 어느 날 몇 주 만에 함 께한 행복학교 나눔의 시간에 "참으로 행복한 일들이 그간 많았습니다." 이런 말로 이야기를 시작하셨습니 다. 저를 포함한 다른 분들 역시 그간 많이 힘들었을 텐데 참으로 감사하고 행복한 일들이 많았다는 것이 이해가 되지 않아 다음 이야기를 기다렸습니다.

"병원에서 아버지를 퇴원시키고 집에 와서 거동이 불편하신 아버님을 돌보며 더운 여름 대소변을 받아 내고, 목욕까지 시켜 드리면서 매일 땀이 범벅이었습 니다. 때로는 말씀을 듣지 않으시는 아버님을 대할 때 너무 속이 상하고, 아무 일도 못하고 24시간 간호만 하는 것이 힘들어 지쳐 잠들기도 했습니다. 하지만 아버님의 남은 인생을 생각하니 마음이 바뀌었습니다. 병원에서 길면 9개월이라 했습니다. 그러나 마지막 3개월은 의식이 불분명하여 일상생활을 하기 힘들 것이라 했습니다. 그리고 이미 그 말을 들은 지 벌써 2달이 지났습니다. 그러면 제가 아버님을 부를 수 있는 시간은 고작 4달밖에 남지 않았습니다. 아니, 길어야 4달이지 3달이 채 되지 않을 수도 있습니다. 참 하루하루가 소중하고 아버님과의 마지막을 준비할 수 있는 시간이 있어 너무 행복하고 감사했습니다.”

이 말을 듣는 순간, 학교에 있는 모든 분들의 눈에는 눈물이 고였습니다. 삶을 바라보는 관점이 다른 분들과는 다른 줄은 진작 알고 있었지만 그 슬픔 속에서도 행복을 찾으시는 모습이 아름답게 보였습니다.

우리는 어떤가요? 우리가 하루하루를 쉽고 편한 대로만 살아가는 이유는 무엇일까요? 물론 나름의 노력도 하지만 전력투구를 하며 살아가지 않는 이유는 내일이 영원히 있을 것 같기 때문입니다. 삶을 비관적으로 볼 필요는 전혀 없습니다. 하지만 우리의 삶에서 종착지가 있다는 것을 안다면 우리의 오늘은 반드시 변화되고 오늘 반드시 더 행복하려고 노력할 것입니다.

아무도 미래를 알 수 없습니다. 하지만 그 미래가 올 때 웃으면서 후회 없었노라고 노래 부를 수 있다면 우리는 지금 행복한 삶을 살아가는 것이 분명합니다.

✦ 행복공식

내일이 없다고 생각하면 오늘 우리가 할 일은 분명해집니다.

에필로그 행복이란 무엇인가?

행복의 일반적 정의를 사전에서 찾아보면, "복된 좋은 운수 또는 생활에서 충분한 만족과 기쁨을 느끼어 흐뭇함"이라 말합니다. 하지만 충분한 만족과 기쁨의 기준이란 극히 주관적이고 분명하지 않아 학계뿐 아니라 개인이 말하는 행복에 대한 정의는 각기 다를 수밖에 없지요. 좀 더 자세히 생각해 보면 저마다의 중요 가중치가 각기 다르기 때문인데, 어떤 이는 사랑에 많은 가중치를 둘 것이고, 또 다른 이는 경제력의 크기가 행복을 가늠한다고 말하기도 할 것입니다. 이처럼 제각기 다른 의견이 있듯이 우리의 행복은 결코 한 가지로 정의될 수가 없습니다.

하지만 어느 순간부터인가 우리의 행복도 인터넷과 광고에 물들어 표준화되어가고 있는 듯합니다. 경영학적 입장에서 보면 표준화란 기업들이 원가를 절감하기 위하여 개인의 성향보다는 다수의 보편화된 시각에서 제품을 만들고 마케팅을 하는 경영전략의 일종입니다. 즉 기업입장에서는 경영하기가 편해지고 이익이 많이 생기는 구조이죠. 하지만 소비자들은 각자의 니즈를 충족시키지 못하고 표준화된 포맷에 자신의 감정과 입맛이 알게 모르게 서서히 동화되기 시작합니다.

21세기 들어서면서부터 우리의 행복도 알게 모르게 서서히 표준화되고 있는 듯합니다. 해지는 저녁이면 퇴근하면서 멋진 차를 타고 분위기 좋은 커피숍에서 우아하게 차를 마시고, 주말이면 여행가는 것이 행복한 삶인 냥 보여주는 광고나 영화에 매일 우리의 눈과 귀가 자극 받습니다. 그래서인지 하우스푸어(House poor)라는 말이 나올 정도로 대출을 받아가면서까지 살아가는 사람이 있는지도 모르겠습니다. 정작 전셋집에 살고 있으면서, 집값보다 비싼 차를 타더라도 남들이 좋아하고 부러워할 만한 모습을 원하며 자신의 행복을 포장하기도 하는 사람들이 요즘 세대에 특히 더 늘어나고 있습니다.

행복은 주관적이고 상대적이라 이러한 사회적인 트

렌드와 감정을 일방적으로 무시할 수는 없지만 행복을 조금 더 전략적으로 바라보고 준비할 필요가 있습니다. 행복의 1차적인 수혜자는 바로 자신입니다. 그러기 위해서는 자신이 더 행복하기 위한 계획이 무엇보다 중요하지요. 즉 나와 우리 가족이 가장 중요하게 여기는 부분이 무엇인지, 그리고 현재 우리의 위치가 어디인지에 대한 명확한 답이 우선되어야 합니다. 다른 사람의 시선에 맞춘 행복이 아닌, 나와 우리가족이 원하는 것이 무엇인지 알고 그것을 해야 합니다. 아무리 좋은 차를 타고 좋은 식당에서 식사를 하더라도 마음속에 만족감과 흐뭇함이 없다면, 그 무엇인가가 허전하고 공허하다면 그것은 자신이 바라는 행복이 아닌 남에게 보여주기 위한 속빈 행복일지 모릅니다.

행복은 누구나 이미 가지고 있습니다. 하지만 행복을 느끼지 못하는 사람들의 특징은 행복을 볼 수 있는 눈을 아직 가지지 못했기 때문일 것이라 생각합니다. 다른 사람의 시각에 의존한 행복이라면 평생 그리고 대를 이어 노력하더라도 절대 만족될 수 없을 것입니다. 내 안에 있는 행복을 깨우고 표준화된 사회의 편견에서 벗어나는 자유로운 행복을 한번 누려 보는 것은 어떨까요?

최 경 규

해외 120여 개 도시를 여행하고 삶의 굴곡을 겪으며 행복에 대한 새로운 시각 그리고 삶에 대한 진지한 눈빛으로 책을 써내려간 그에게는 여러 수식어가 따른다.

행복스토리텔링아카데미 대표, 최경규의 행복학교 교장, 대학초빙교수, 경영학박사, 칼럼니스트, 해외브랜드 런칭 전문가, 통역사, 강연가, 컨설턴트!

현재 기업체, 정부기관, 대학교에서 재미있는 인기강사로 활동 중이며, 사람들에게 행복을 선택하고 습관화시키는 일을 도우며 하루를 바쁘게 생활하고 있다.

행복도 배워야 하고, 좋은 습관만 가진다면 얼마든지 행복해질 수 있다는 믿음을 전해주는 우리나라 최초의 실천행복학 행복탐험가. 저서로는 『내 안의 행복을 깨워라』가 있다.

이메일   billchoi3@gmail.com
페이스북 https://www.facebook.com/kyungkyu.choi.9

나는 행복을 선택했다

초판1쇄발행   2018년 1월 10일
초판2쇄발행   2018년 3월 20일

지은이   최경규
펴낸이   안종만

편 집   문선미
기획/마케팅   장규식
표지디자인   권효진
제 작   우인도·고철민

펴낸곳   (주) **박영사**
             서울특별시 종로구 새문안로3길 36, 1601
             등록 1959. 3. 11. 제300-1959-1호(倫)
전 화   02)733-6771
f a x   02)736-4818
e-mail   pys@pybook.co.kr
homepage   www.pybook.co.kr
ISBN   979-11-303-0524-0   03810

copyright©최경규, 2018, Printed in Korea

정가   13,000원